星海社
FICTIONS

FGOミステリー

翻る虚月館の告解　虚月館殺人事件

円居挽

Illustration／山中虎鉄

星海社

Illustration　山中虎鉄
Book Design　Veia
Font Direction　紺野慎一

The Kogetsukan murders

目　次

第一章	第二章	第三章	第四章	終　章
一日目	二日目	三日目	四日目	四日目　解決篇
7	51	113	171	197

あなたには天井のシミや壁の木目、あるいは机の汚れが人の顔のように見えた経験はないだろうか？　……ほう、ある？　まあ、そうだろう。

人間というのはどんなに関連性のないものにも、意味を見つけてしまうようにできているからね。まあ、身も蓋もない言い方をすれば錯誤、錯覚だ。

さて、今回はある人々の話をしよう。言ってしまえばある家族に関する悲劇なのだが……そもそも個人の集合に過ぎないものに縁や絆を見出してしまうことが悲劇の始まりなのかもしれない。

これはそんな物語だ。

第一章
一日目

The Kogetsukan murders *day1*

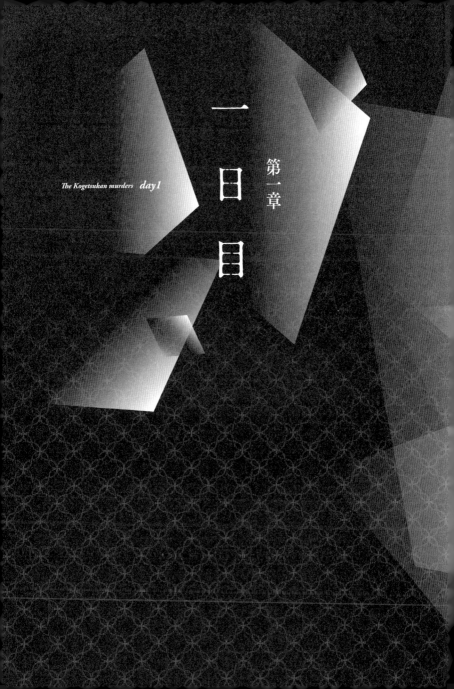

目を覚ますと知らない天井が視界に入った。

寝る前に最後に見た光景と起きた直後に最初に見た光景が一致することで、人間は記憶の連続性を確認する。だから連続性を感じられないと、途端に不安になる。

って、ここどこ？

慌てて身体を起こした。どうやらここはどこかの高級リゾートホテルの一室のようだったが、あいにくこんなところに宿泊した記憶はない。

俺がいるべき場所は……そう、カルデアのマイルームだ。

改めて周囲を見回すと、ふと室内に小柄な女性が立っていることに気がついた。

「あら、起きたの？」

何気ない様子でそう尋ねてきたその女性の顔がステンノだったので、反射的に慌てて肯《うなず》いた。ステンノ、世にも恐ろしいゴルゴン三姉妹の長女……彼女の機嫌を損ねると大変なことになる。

「……テンノ？」

名前を口にしようとしたが、上手く声が出ない。喉《のど》に手を当てると、これまた付けた覚えの無い包帯が巻かれている。

そんな俺を彼女は眉を顰《ひそ》めて見下ろしていた。

「それ、誰の名前？　寝ぼけてるのかしら？」

彼女の様子を見るに、どうやらステンノによく似た別人のようだ。しかし残念ながら名前が分からない。

こちらの口から名前が出てくることを諦めたのか、ようやく自己紹介をしてくれた。

「……私はジュリエット、ジュリエット・ヴァイオレットよ」

ジュリエット……いい名前だ。しかし彼女から名前を聞かされても何も思い出せない。

ここはどこだろう。いや、そもそも俺は人理継続保障機関フィニス・カルデアのマスター、藤丸立香《ふじまるりっか》の筈だが……

不安に襲われて部屋を再度見回すと、大きな姿見があることに気がついた。着ている服に記憶がないのも気持ち悪いが、怪我《けが》もしているようだし、自分がどんな格好をしているのか確認しておきたい。

そう思いながらベッドを降りて、姿見の前に立つ。

誰だ、これは……。

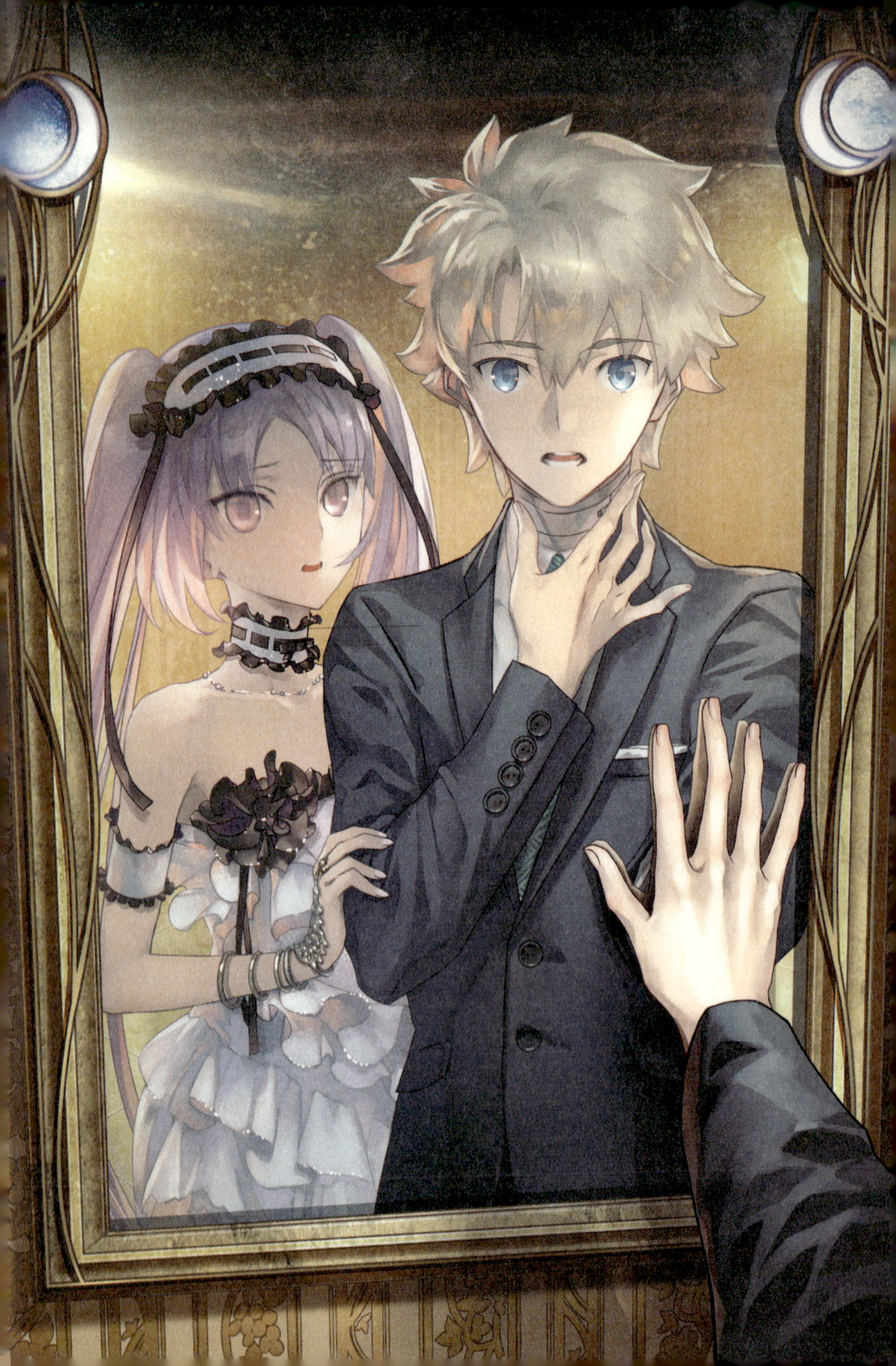

鏡に映ってるのはまったく見覚えのない人物だった。おまけに金髪碧眼《へきがん》、自分でなくなっているのは明らかだ。

現実を受け止めきれなかったせいか急に頭が痛んだ。あまりの衝撃にまたベッドに戻る。

「ちょっと大丈夫？」

どこかつんけんしていたジュリエットもこちらの様子がおかしいと気がついて、途端に心配そうな表情で顔を覗《のぞ》き込んできた。会ったばかりでこういうことを言うのも何だが、決して悪い子ではなさそうだ。

「あなた、自分が誰か分かる？」

首を横に振る。

「そう。あなたはリッカ・フジマール。私の大学のゼミ仲間で、あなたは授業をサボってウチの三泊四日の家族旅行についてきたんだけど……」

それだけ聞かされても、何も閃《ひらめ》くことはない。

「うーん、全然ピンと来てない顔ね。ねえ、今は２０１７年の5月……あ、その顔、本当に全部忘れちゃったの？」

ジュリエットはベッドの上に両膝《りょうひざ》をつけると、そのままこちらに身を乗り出してきた。

「何があってもずっと一緒にいてくれるって言ったでしょ？　ねえ？」

ジュリエットとどういう関係か分からないが、これはどうしたら正解なのだろう？

次の行動を決めかねていると、誰かが部屋に入ってくる気配がした。ジュリエットもそれに気がついたようで、慌てて身を引いた。

「戻ってくるのが早いのよ。もう」

ジュリエットは忌々しげにそうつぶやくが、すぐに何かを思い出したように耳元に口を寄せると、こんなことを囁《ささや》いた。

「……いい？　あなたは声帯を痛めて声が出ないの。治るまでは絶対に口を開かないでね。分かった？」

なんとか肯くと、ジュリエットの背後にジェームズ・モリアーティそっくりの男が立っていた。

男は訳知り顔でこちらを眺めている。

「あー、もしかしてお邪魔だった？　もうちょっと煙草吸ってこようか？」

「そういうのじゃないですから！」

そう言いながらジュリエットは目で念押しをしている。余計なことを言うな、ということだけは伝わってきた。

「それよりドクター、リッカが大変なの。なんか、色々と思い出せないみたいで」

「ふむ、喉に加えて頭までねえ……なんとも不運だね。では、ちょっと診《み》てみるかねえ」

そう言ってドクターと呼ばれた男はこちらに近づき、喉の中やまぶたの裏などを簡単に確認していく。

「ああ、やっぱり頭の怪我は怖いねぇ。どうやら軽い健忘症《けんぼうしょう》になってしまったようだ」

モリアーティの顔をした紳士は嘆きながら離れていく。診察はこれで完了ということか。

「一応、自己紹介しておこうか。私はホーソーン、ヴァイオレット家のかかりつけ医だョ」

モリアーティの姿形をしているが、名前はホーソーンという……なるほど分かった。だがこれからこんな調子で登場人物が増えていくとして、はたして憶《おぼ》えきれるだろうか。

「この仕事はかれこれもう二十年ぐらいはやっているかな？　いや、最近は昔の記憶が曖《あい》昧《まい》でね。私も君を笑えんよ」

そう飄《ひょう》々《ひょう》と語る彼はとても善良そうで、モリアーティとはまた違う人物ということがすぐに分かった。

「ドクター、リッカは大丈夫そう？」

「深刻な異常はなさそうだが、頭の怪我は怖いからねぇ。平気そうに見えても一日後には倒れることもある。医師であるなら絶対に安心、などと断言はできんよ。気分が悪くなったらすぐに私を呼ぶようにネ」

ホーソーンのお見立てが終わると、勢い良くドアが開かれた。思わずそちらを向くと、立っていたのはメフィストフェレスだった。

「あっ、起きたんだリッカさん。あはははは、大丈夫ですかなー？」

あの青年道化師のような見た目に反して、声も口調も存外幼い。彼はジュリエットやホーソーンと一体どういう関係なのだろうか。

「他人事みたいに言わないの！　ケイン、アンタがボールをぶつけたんでしょ？」

「そういうコトになりますなー。ソーリー。ソーリー」

ケインと呼ばれたその少年はさほど悪いと思っていなそうな声で謝罪してきた。察するに彼はジュリエットの弟なのだろう。しかしメフィストフェレスはステンノの弟とするにはちょっと大きすぎる気がしなくもない。いや、それを言うなら女神のステンノの方が年齢は遥《はる》かに上かな？

「あやまったので許してもらえた？　じゃあ、僕は遊んでくるぞー」

ケインは元気よく部屋を飛び出ていく。

「弟の代わりに謝っておくわ。ごめんなさい。ハイスクールに上がる歳になってもずっとあの調子なの……」

首を横に振る。経緯はどうあれボールを避けられなかった自分が悪いのだという気がする。

だが、ジュリエットは不可解という表情を浮かべている。

「……もっと怒ってもいいのよ？　下手したら大変なコトになっていたのだから。ケインの蹴《け》ったボールがあなたの顔面に当たったばかりか足下に転がって、あなたがそれを踏みつけてしまって、よろめいたかと思えば階段からタルのように転がり落ちたでしょう？」

ボールにぶつかったと聞いてせいぜい後頭部に直撃したぐらいのアクシデントを想像していたが、実際はその何倍もひどかった。

「私ならケインにとても口にはできない罰を与えているところだわ。それを『はは、ケインは腕白だな。将来はフットボール選手かい？』なんて笑いかけてから倒れるなんてすごい。まったく記憶にはないが、一方でそんなことを言ったかもしれないという気持ちもあった。罪を憎んで人を憎まず……何らかの被害にあっても相手に悪気がないなら尚更優しく接するだろう。

「でも、そこがあなたのいいところか。良かった探しの達人なのね」

それにしても頭部への衝撃で記憶が飛ぶという珍しい経験をしたわけだが……いや、そもそもここはどこなのだろうか？

改めて周囲を見回す。室内にある調度品はどれもなんだか高そうだ。こんなところに滞在するとなると相応の費用が必要になるだろう。

「もしかしてここがどこかも忘れちゃった？」

ジュリエットに哀しそうに問われて、申し訳ない思いで首を縦に振る。

「まあ……やっぱり重傷かも。ここは虚月館《こげつかん》よ」

虚月館……まったく聞いたことのない響きだ。だが、ジュリエットは構わずに説明を続けようとする。

「あなたはウチの家族と……」

ジュリエットがそう言いかけた矢先、二人の女性が入ってきた。見た目はエウリュアレと源《みなもとの》頼光《らいこう》……だが、髪の色やその雰囲気から、おそらくはジュリエットの家族であろうことは容易に想像できた。

しかしエウリュアレはゴルゴン三姉妹の次女で、ステンノとは同じ顔をしている。振る舞いや性格で区別ができるといいのだが……。

「あら、大丈夫そうですね」

「おや、エヴァ」

先に口を開いたのは頼光にそっくりの女性の方だった。

「本当、ケインがイタズラしたっていうから心配だったけど大したことなさそうでホッとしたわ」

「やあ、ハリエット。今日は一段と美しい……というかエヴァもやけに美しいね？」

「ふふ、お風呂に入ってきたからかしらね」

今の会話でエウリュアレの姿をしているのがハリエット、頼光の姿をしているのがエヴァと分かる。だが、これだけの情報ではジュリエットとの関係性までは見えない。

「……ママと妹よ。見たら分かるかもしれないけど」

こちらの混乱を見てとったのか、ジュリエットがさりげなく答えを教えてくれた。

なるほど、エヴァが母親でハリエットが妹か。

「ジュリエット、あなたも大浴場に行ってきたら？　湯船も広くて、部屋のお風呂より断然気持ちいいわよ」

ハリエットがジュリエットを勧誘するが、ジュリエットの反応は芳《かんば》しくなかった。

「それでも今はいいわ」

「あら、こういうことで無精したら駄目よ。潮風で髪がベタベタするでしょう？」

エヴァがその長く綺麗な髪の毛をかき上げる。恐ろしい説得力だ。

「私はビーチに出てなかったから別に大丈夫よ」

そんな彼女たちのやりとりをホーソーンは目を細めて眺めている。

「双子でも性格がこうも違うとは……面白いね」

やはりオリジナルキャラ通り、ジュリエットとハリエットは双子なのか。それでいて性格に違いがあるのはちょっとだけ面白い。

「お前たち、ちょっと来てくれないか？」

そう言って部屋に乱入してきたのはランスロットの姿を借りた男だった。色男だが、その声はいささか頼りなさそうだ。

「パパ？」

「アダムスカ、どうしたのかね？　そんな血相を変えて」

ハリエットとホーソーンの反応から、この男が家長のアダムスカ・ヴァイオレットだろうと当たりをつけた。

アダムスカは困った様子でみなに状況を打ち明けた。

「ドロシーさんが大切なネックレスを紛失したようで……ちょっとトラブルが」

「ゴールディ家の奥方の問題ならこちらも無視するわけにはいくまいね。なにせ……」

ホーソーンはちらとジュリエットに視線を配ったが、ジュリエットは少し怒ったように口吻《こうふん》を尖らせた。

「余計なこと言わなくていいの。じゃあ、みんなで行きましょ」

アダムスカ、エヴァ、ジュリエット、ハリエット、ケイン、それとホーソーン……現時点で既に六人。

せめて十人ぐらいだと嬉しいな……。

そんな益体もないことを思いながら、ジュリエットたちと一緒に件《くだん》のドロシーの許へと向かった。

虚月館の内装は一見よくある洋館風だが、実際に歩いてみるととてもお金がかかっていることが分かった。床も絨毯《じゅうたん》も強く踏みしめても変に軋《きし》むことはないし、壁なんて古そうなのに瑕《きず》一つない。手入れがよく行き届いている。

アダムスカがホールで言い争っている男女を指差した。

「ほら、あそこだ」

ドロシー・ゴールディはマリー・アントワネットと同じ姿をした女性だった。

「だから、どうしてネックレスが消えるの？　勝手にどこか行くわけないじゃない！」

そしてドロシーが食ってかかっている男は、燕青《えんせい》の姿をしていた。

「ですから奥様、いま我々の方で手を尽くしているところなんで、もう少々お待ちいただけませんかね？」

言葉こそへりくだってはいるが、決して卑屈な感じはしない。

なんだか、こっちの燕青はイメージとあんまり違わないな……。

「ほら、大変なことになっているだろう？」

アダムスカは既にげんなりした表情だ。もしかするとあの調子で食ってかかられたのかもしれない。

「……あそこで怒っているレディはドロシー・ゴールディ、そして応対してるのがマーブル商会の伍《ウー》さんだよ」

ホーソーンがそっと教えてくれたが、さりげなくマーブル商会という新しい組織の情報を追加するのはやめて欲しかった。頭がパンク寸前だ。

「待って出てくるならいくらでも待つわよ。あれはとっても大事なものなんだから……」

相変わらず怒り心頭に発する様子のドロシーに小さな女の子がたたたと駆け寄る。

「ママ、お腹空いたー」

その女の子の顔を見てちょっと驚いた。彼女はポール・バニヤンの現《うつ》し身だったが、サイズが全然違う。サーヴァントとしてのバニヤンは8メートルもある巨体の持ち主だが、それが今は歳相応の少女の姿を取っている。

「……ローリー、もうじきおやつの時間だからそれまで待ってて。ママは今、大切な話をしてるの」

「わかった。じゃあ、ケインお兄ちゃんと遊んでくる」

ローリーは来た時と同じ足取りで、たたたとどこかに走り去ってしまった。

「何を揉《も》めている、伍《ウー》?」

ローリーと入れ違いにまた新たな登場人物が現れた。どう見てもジャガーマンだったが、のべつまくなしにうるさいカルデアの彼女とは違って寡黙そうで、何か近寄りがたい雰囲気があった。

「あ、姐《あね》さん。ちょっと困ったことになりやしてね。実は……」

伍《ウー》が彼女に事情を説明し始めた。

「あの貫禄のある女性は商会ナンバー2のアンさん、とっても強くて恐ろしい女性さ」

ホーソーンが教えてくれる。この状況で彼のような優しい人間の存在は癒やしだ。

「はあん。浴場でドロシー様のネックレスが……」

大体の事情を把握した様子のアンが、この場の人間を一瞥《いちべつ》する。その瞬間、少し背筋が寒くなった。これは日常的に命のやりとりをしている人間の殺気だ。その証拠に、他のみなもどこか表情が引きつっている。

「ネックレスを脱衣場に忘れたことに気がついて見に戻るまで十分あったわ。その間に誰かが盗んだの」

怯《ひる》んでいないのはドロシーだけらしい。

「だが伍《ウー》、浴場の出入りはおまえが見張っていたのではないのか？」

「少なくとも男性が出入りしてないことは確実でさあ。でも、ドロシー様が出てからは誰も入ってませんね……」

「ならあなたがネックレスを取ったということにならない？　ねえ？　ねえったら！」

「ですからドロシー様、落ち着いて下さいよ……」

そこにまた一人、誰かが大股で現れた。見ればかの叛逆《はんぎゃく》の騎士、モードレッドだ。

「うるせえな……せっかく気持ちよく寝てたのに目が覚めちまったじゃねえか」

がなり立てるというのだろうか。なかなか耳障りなしゃべり方だ。モードレッドも粗野な振る舞いが似合うサーヴァントだが、それでも本人にここまで卑《いや》しい雰囲気はない。

「モーリス、あなた……お招きを受けている立場でもう少し行儀良くできないの？」

「……実の母親でもないのに指図すんなよな」

どうやらこの二人は母と子の関係のようだが、モーリスの口ぶりから判断するに、普通の親子関係ではなさそうだった。

「こんなとこより飲み屋で馬鹿騒ぎしてる方が楽しいに決まってるしよ」

そう言ってモーリスは口も押さえずに大あくびをする。これほどの絵に描いたような素行不良少年、これから先にお目にかかることがあるだろうか。

あくびをしているのをいいことに不躾《ぶしつけ》な視線で観察していたら、うっかり目が合ってしまった。

「あン？　ガンつけてんじゃねえぞテメエ。潰されてえのか？」

そう言うや否や、モーリスは一瞬で拳が届く位置まで接近してきた。因縁《いんねん》をつけ慣れているのだろう。

この状況はちょっとまずいかな……。

だが、ジュリエットがまるで盾になるかのように一歩前に出た。

「ごめんなさい。この子、ちょっとぼんやりしてるから」

「ん、そうかアンタが……」

モーリスはジュリエットを上から下まで舐《な》め回すように眺めた。信じがたいことだが、どうも品定めをしているようだ。

「まあ、悪くない。合格ってことにしておいてやる」

ジュリエットもその意味が分からない歳ではない。そして辱《はずかし》めを受けて黙っているようなレディでもなかった。

「移動中もほとんど寝てた人にそんな風に言われたくないんだけど？」

「徹夜で遊んでたんだからしょうがねえだろ。で、隣のそいつとはどういう関係だ？」

モーリスがこちらを指してそう言い放った。返答次第ではひどい目に遭《あ》わされそうだが
……どう答えるのが正解なのだろう。

ジュリエットは一瞬の逡《しゅん》巡《じゅん》の後、こう答える。

「……学校の友達。外の人間がいないと息が詰まりそうだったから」

「ふうん、友達ねえ……」

モーリスはこちらの顔をじっと見る。目を合わせても、故意に逸らしても殴られそうだ。

だがモーリスの視線はそのまま身体からつま先へと落ちていったため、目を合わせなくて済んだ。

モーリスは意味深に笑うと、こちらの肩に手を置いた。

「……まあ、今回は許してやるよ。でも次はねえ。どんな目に遭わされても仕方ねえと思いな」

いずれ働かれるかもしれないモーリスの狼藉を想像して気分が悪くなった。こんなヤバい奴と一つ屋根の下で過ごすなんて冗談じゃない。

「モーリス！　あなたはまた……せめて女の子には礼儀正しくしなさいっていつも言ってるでしょう？　だからモテないのよ」

そんなモーリスを叱責したのはドロシーだった。ネックレスのことにしか興味がないのかと思ったら、こんなまともなことも言えるなんて。

「うるせえぞ！　これでも我慢してるんだ。相手が野郎ならまず一発カマしてるぜ」

自分にしてはマシな態度を取っていると言いたいのだろうが、これではどこにでもいる無頼《ぶらい》の輩《やから》ではないか。

「まったくあなたはどうしていい子にできないのかしら……」

モーリスとドロシーはずっとこんな関係なのだろう。

「どうしたモーリス！」

現れたのは金髪の美丈夫、フィン・マックールだ。察するに彼がゴールディ家の家長なのだろう。酒が入っているのか少し顔が赤らんでいる。

それにしても平凡な顔をした人間が一人として出てこない……眼福かもしれないが、どこを見ても美男美女ばかりというのはちょっと落ち着かない。

「何でもねえよ親父」

「そうかそうか。てっきりおまえに何かあったのかと思ったぞ」

「……あれがゴールディ家の当主のアーロンさん、そして長男のモーリス君だ」

ホーソーンがそっと教えてくれた。だが、その目は決して笑っていない。きっとあの親子に対して、何か思うところがあるのだろう。

「親父は心配性なんだよ。ゴールディは俺が継ぐんだから、安心して酒飲んでてくれ」

「そうか……しかし花嫁を幻滅させるような振る舞いは感心しないな」

花嫁⁉

思わずジュリエットの様子を窺《うかが》ってしまったが、ジュリエットは憂鬱《ゆううつ》そうな表情で首を横に振った。

「……悪いけど、何度も説明したくない。でもすぐに分かるわよ」

本人がそう言うのなら、追及するべきではなさそうだ。

そんなことを思っているとホーソーンが伍《ウー》に話しかけようとしていた。

「伍君、ちょっといいかね？」

「なんですかい？」

「別に自分の潔白を主張したくてこんなことを言うわけではないが……我々にはアリバイがあるのだよ」

そうなのか？　今初めて知った……。

「盗難のあったと思しきタイミング、リッカ君は気絶しており、私とジュリエットは意識を取り戻すまで見守っていた。故に互いにアリバイを証明できる。そこでどうだろう。潔白なこの二人に捜査を任せてみるというのは？」

ケインにボールをぶつけられたお陰で、結果的にアリバイが成立した……人間万事塞翁《さいおう》が馬《うま》とはこのことだろうか。いや、健忘症になっている時点で大きなマイナスのような気がしなくもないが。

伍《ウー》はホーソーンの提案に「悪くないか」という表情で肯く。

「まあ、ドロシー様に疑いをかけられている俺が直接動くよりはマシかもしれませんね」

「私としてはネックレスさえ戻ってくるなら文句はありませんけど……」

そんな二人の様子を見て、アンも提案を呑《の》むことにしたようだ。

「そういうことでしたらしばらくはお二人にお任せしましょう。ただし、それでも出てこなければ最後の手段を取らせていただきます。我々も信用商売なので」

言葉こそ柔らかいが、アンからは相当の圧が発せられている。ネックレスを回収するためなら拷問だって辞さないかもしれない。

「ジュリエット、本当に大丈夫なのか？」

「パパは心配性なんだから。大丈夫だって……それよりドクター、どういうつもりなの？」

ジュリエットはホーソーンの勝手な提案について問いただす。といっても別に怒っている様子はなく、純粋に不可解だという表情だ。

「ほら、リッカ君の記憶を戻すのに良いリハビリにもなるかもしれないなってね」

「それは……確かにそうね」

ジュリエットは得心した様子だったが、こちらとしてはそこまで気を回して貰《もら》って記憶が回復しなかったら大変気まずい。

「これで両家の人間とは一通り顔を合わせたことになるね。リッカ君、記憶の調子はどうかね？」

全然駄目、ということを伝えたくて、お手上げのポーズをしてみせた。

「ふむ、まだ駄目なようだね。ああ、だったらマーブル商会の説明をしなければなるまい。彼らはあっちの世界では有名な人たちだよ。特に彼らが立ち会った契約は破られることはないと言われている」

「この島もこの虚月館も、マーブル商会の持ち物なんだって。だから絶対に邪魔は入らないの。残念ながら……」

ジュリエットは浮かない表情でそんなことを言った。

「まあ、彼らがネックレスを盗んだとしたら、我々では取り返せないがね」

「そこは信頼していいんじゃない？　あの人たちは信用で商売しているから。ネックレスだって決して安いものじゃないと思うけど、そんなケチな盗みで信用を損ないたくないでしょう」

　そんなに凄い人たちなのか……。

「彼らの取り引き相手は世界中にいるから、その分強いの。ウチとゴールディを合わせても全然かなわないと思うわ。まあ、それぐらいじゃないと立ち会いをお願いする意味がないしね。ちなみにアンさんは第二席、あの若く見える伍さんでも第五席なんだって」

「商会のナンバー2とナンバー5が来てるってことは向こうもかなり重要視してくれているようだね」

「ところでドクター、あの人第二席なのに、どうしてアン[1]なんて名乗っているの？」

「……彼女は立場上ナンバー2だが、高齢のナンバー1はとうに彼女を後継者に指名している。だからこそ彼女はアンを名乗り、組織を切り盛りしているんだ」

　あれってそんなストレートなネーミングだったんだ……。

「……それより、アンさんたちに話を聞きにいきましょう」


「ええ、早朝の出発だったので皆様お疲れだと判断し、まずは婦人優先で大浴場を開放させていただきました」

　アンはジュリエットの質問にきびきびと答える。その返事には無駄がなかった。

「確かに着いたのはお昼過ぎだったけどかなり疲れたわね。でもママたちはリフレッシュできたみたいで良かった」

その口ぶりから察するに、ジュリエットは大浴場でリフレッシュする筈《はず》の時間をこちらのケアに使い果たしたようだ。なんだか申し訳ない気分になる。

「ところで見張りをしていた伍《ウー》さんはずっと目を離さなかったの？」

「まさか。大浴場の入り口の側で野菜の皮むきをしてましたよ。人手が足りないんでね。でも視線は切ってても、野郎の不埒《ふらち》な気配を見逃すような俺じゃありません。記憶にある範囲ではまずハリエット様とエヴァ様、そのお二人と入れ違いでドロシー様とローリー様が入ってきたな。あとドロシー様たちが出てからは誰も入ってないと思います。まさか血相変えて戻ってきたドロシー様に食ってかかられるとは思いもしませんでしたがね」

事件は案外シンプルのように思える。ただ、問題はシンプルすぎることだ。

「入れ違いになったママたちに犯行は無理として……あれ、容疑者がいなくなっちゃった？」

「ふうむ……女性なら伍《ウー》君に警戒されずに大浴場に入れたかもしれないが、肝心の女性が他に見当たらない……」

あれ、もしかして……そういうこと？

「あれ、リッカ……何か閃いたの？」

だが、これを口にすることは決して自分の利益になるとは言い難い。何より……ジュリエットが目で余計なことを言うなと釘を刺しているのが分かったので、どうにかそれを口にせずに済んだ。

「アリバイがあるって言っても、そんなのアテになるのかよ。まあ、どこの家とは言わねえけどさ」

唐突に聞こえよがしのことを言ってきたのはモーリスだった。暇を持て余しているせいか、こちらに絡む気満々のご様子だ。

「あと双子同士で上手いこと入れ替わって……とか、そういうトリックもあるだろ？　どこの家とは言わねえけど」

「……いや、流石《さすが》に間違えねえですよ？　間違えるわけないじゃないですか」

伍《ウー》が冷静につっこむ。だが、すぐに思い直したようにこんな訂正をする。

「まあ、普段から男装してる女性が女っぽい格好で通りかかったなら、ついスルーしちゃったかもしれませんがね。まあ、そんな人がいたらの話ですけど」

伍《ウー》の意見にモーリスは手を叩いて笑う。

「ははっ、そんな奴この館のどこにいるってんだよ。笑っちまうぜ」

いや、まさに注文通りの人物が目の前にいるではないか。何故ならモーリスと同じ姿をしているモードレットはれっきとした女性なのだから。

「……おい、なんで俺の方見てんだ？　まさか俺を疑ってるのか？」

言葉で尋ねたところでシラを切られるだけだ。ならば実力行使が一番早い。

そう思うや否や、モーリスに飛びかかっていた。

「ちょっと、喧嘩《けんか》なんてやめてよ！」

喧嘩で勝とうという気はさらさらないし、勝てるとも思ってなかった。ただ、モーリスが女であることが確かめられさえすればいいと、どさくさに乗じて胸や股間に手を伸ばす。

しかし……。

ない筈のものがあり、ある筈のものがない！

「どこ触ってやがんだ。離れろ！」

馬鹿力で突き飛ばされる。その膂力《りょりょく》は紛れもなく男性のそれだった。

「こいつ、俺を女扱いしやがった！　いくら花嫁のツレでも許せねえ。表に出やがれ！」

流石に観念した。伍《ウー》の仲裁を期待したが、明らかに仕掛けたのはこちらの方だ。こちらに義はない。

だが、助けは思わぬ方向から来た。

「いけませんモーリス様」

颯爽《さっそう》と現れたのはベディヴィエールと同じ姿をした青年だった。その物腰にもどことなくベディ本人と似通ったところが見受けられる。

「おう、クリス。ご苦労さん……って間が悪い！」

いつの間にかモーリスのヘイトはこちらではなく、乱入したクリスに向けられていた。

「邪魔するんだったら、てめえからのしてやる。かかってこい！」

「仕方がありません。失礼します！」

そこからはちょっとした見ものだった。荒々しい喧嘩殺法で襲いかかってくるモーリスをクリスが華麗な体術でいなしていくのだ。お陰でクリスは一切怪我を負わず、モーリスだけが自分の力でダメージを受けていった。

「くそっ、正々堂々と戦いやがれってんだ！」

「それはご無礼を」

たった五分でモーリスは息も絶え絶えといった様子だ。おまけに右手を痛めたのか、赤く腫《は》れ上がっている。

「ちっ……もう誰かを殴る気分じゃなくなっちまった」

モーリスは右手を庇《かば》いながら、クリスと距離を取る。これでおしまいということらしいが、こちらをしっかりと睨《にら》んでいる。お陰で目を合わせないようにするのが大変だ。

「んー、お前もそこそこやるようになったけど、怪我をさせちまうのは未熟な証拠だな」

伍《ウー》の駄目出しにクリスは恥じたように身を縮こめる。おそらく、このクリスは見習いで、伍《ウー》の弟分といったところなのだろう。

「ところで、揉め事の原因は何なのですか？」

クリスの疑問に答えるべく、ジュリエットがこれまでの経緯を説明した。

「では、まだ残っている可能性があるということですよね？　隠し場所になりそうなところなら心当たりがありますよ」

そう言うなり、クリスは大浴場目がけて走り出した。その様子をモーリスは呆れた顔で眺めている。

「そんな簡単に出てくるわけ……」

だが言い終わるかどうかのタイミングでクリスが引き返してきた。その手にはネックレスのようなものがしっかりと握られていた。

「ありましたよ。収納棚の奥から出てきました」

「あるのかよ！」

そんなモーリスの間抜けな叫びが館内中に響き渡った。

ネックレス発見の報は館中を巡り、その真相を確かめるべく、応接間に一同が集結した。

「間違いなく、私のネックレスね」

ドロシーは受け取ったネックレスを嬉しそうにかき抱く。ひとまずはめでたしめでたしというところだろうか。

「でも変ねえ、あんなところにしまった記憶なんて……」

「あー！」

ネックレスに気がついたローリーが不意に大きな声を挙げた。

「……せっかくうまく隠したのに。もう、つまんない！」

ローリーはそう叫ぶと、そのまま応接間を出て行ってしまった。

つまりネックレスの盗難などなく、現実にはただのイタズラだったということだ。大山鳴動して鼠《ねずみ》一匹……と言うには大袈裟だが、実に他愛のない真相だった。

「はあ？　あいつのイタズラで一悶着《ひともんちゃく》あって、俺は右手を怪我したし……何よりどうすんだよこの空気！」

モーリスは赤く腫れた右手を見せて吠えた。だが、そんな息子をアーロンが制した。

「モーリス。少し黙っていなさい」

ドロシーはバツの悪い表情でみなに頭を下げた。

「ごめんなさい。ウチの娘がまさかあんなイタズラをするなんて……」

「お気になさらず。子供がしたことじゃありませんか」

母性溢《あふ》れる見た目をしたエヴァにそう言われてしまうと、誰も異論が言えない。実際、ローリーのことは子供のやったことで済ませようという雰囲気になっていた。

「ところでモーリス君、よかったら手を見ようか？　利き手を怪我すると大変だからね」

ホーソーンは親切心で言ったのだろうが、得てしてこういうチンピラには逆効果だ。

「けっ、こんなもん唾《つば》つけとけば治るっつうの。ほら、それよりもう夕方だ。飯だ飯」

モーリスの言葉に伍《ウー》は肯く。

「確かに。じゃあ、ちょっと早いですがディナーの準備をしますかね」

伍《ウー》の用意した晩餐《ばんさん》は期待以上に美味しく、みな一様に褒《ほ》めそやしていた。

「下っ端の頃はまかないも作ってたんでねえ。その延長ですよ」

伍《ウー》はそう謙遜《けんそん》するが、それだけで身につく技術ではあるまい。とにかく謎の多い男だが、不気味という感じはしない。

「ごちそうさまでしたなー！」

「でした！」

そう叫んで、真っ先にナイフとフォークを置いたのはケインとローリーだった。大人の目がなければ今すぐにでも外に遊びに行きたそうな雰囲気を発していたのだが、ドロシーに「もう夜なんだからお外は明日」とたしなめられて、ローリーはしゅんとしてしまった。ケインも一緒になってしゅんとしているのがちょっと可笑《おか》しかった。

「……ごちそうさま」

そんな弟を横目に、ジュリエットも静かにごちそうさまをした。どうにも心ここにあらずという感じだ。

「……もう下げてくれ。ナイフで肉切ると手が痛えんだよ」

当のモーリスはといえば、そんな調子でステーキをほとんど残していた。最高の肉を最高の焼き加減で仕上げているのに、もったいない。

「それはご無礼を。よろしければ私が肉を切って差し上げましょうか？」

クリスは純粋な親切心からそう申し出たのだろうが、モーリスの逆鱗《げきりん》に触れたようだ。

モーリスは無作法にもナイフとフォークを放り投げてしまった。

「余計なお世話だ！　くそ、なんでこんなことに……」

そんな息子の振る舞いが見えていないかのようにアーロンがこんなことを言う。

「雨降って地固まる……両家の絆がこれで深まったのなら先の騒動にも意味が出てくる」

……大きな家の長というのはこれぐらい無神経でないと務まらないのかもしれない。

「何より、我が息子とヴァイオレット家のお嬢さんとの婚約が成立すれば両家の同盟が完成するのだ！」

やはり、そういうことか……。

ジュリエットが説明したがらなかった理由がようやく分かった。

「そんな大袈裟に驚かないでよ。最初からそういう旅行なんだから……」

無意識の内に心が顔に出ていたようだ。

「我々マーブル商会が立ち会うことでそれは絶対の契約となります。たとえお身内から異議の声が挙がっても確実に黙らせましょう」

アンの言葉にはなんとも言えない凄味があった。彼女がここまで言い切る以上はきっと確実に遂行するだろう。

「痛い方法と痛くない方法がありますけどね。俺は痛い方法が得意ですが」

伍《ウー》が冗談とも本気ともつかないことを口にした時のことだった。

リンゴンという音が食堂中に鳴り響いた。

「おや、変ですね。お客人と我々……全員そろっている筈ですが」

クリスの言葉でようやく今のが玄関の呼び鈴の音だったと分かった。

「んなことより、警戒態勢取れ。姐さんはとっくにそうしてるぜ」

アンと伍《ウー》は素人にも分かるほどのオーラを発していた。クリスも確かに強かったが、この二人はその比ではない。

「……誰か来る」

アンがそう呟くと、きっかり三秒後に招かれざる客が食堂に現れた。

「勝手に上がらせて貰ったよ。無作法かもしれないが、呼び鈴はきちんと鳴らしたから許して欲しい」

なんということだろう。他の登場人物と同様、その訪問者もまたサーヴァントの姿を取って現れた。そして、その姿はよりにもよってシャーロック・ホームズだった。

「あんた、何者だ？　ここは偶然迷い込めるような場所じゃないんですがね」

「私のことならゴールディ氏か君の上役に尋ねるといい」

彼は伍《ウー》にそう言い放つ。するとアンとアーロンの顔色が変わった。

「まさか本当に来るとは。追跡の気配はなかった筈……」

「信じがたいが認める他あるまい」

アーロンはそう言って立ち上がると、ホームズの姿をしたその男に手を差し出した。

「ようこそ、探偵殿。歓迎しよう」

「そういえば自己紹介がまだだったね。私はシェリンガム、名探偵さ」

探偵と呼ばれた男はにこやかにアーロンの手を握ると、自分の素性を明かした。

シェリンガム……まったく心当たりのない名前だ。

「でも親父、なんで探偵なんか呼んだんだよ？」

モーリスは新たな招待客に対して嫌悪の色を隠さない。まあ、マーブル商会の人間と同様、モーリスがどうこうできるような相手ではなさそうだ。

「こうなれば皆に話すしかあるまい……」

アーロンは一瞬、苦悩の表情を浮かべて話を続ける。

「実は縁談の話を進めている途中、脅迫状が届いた。モーリスとジュリエットの婚約を中止しろ。さもなくばゴールディ家に不幸がある、とな」

「なあ、親父。しょうもねえ脅迫なんかこれまでも数えきれないほど受けてきてんだろ。

今更そんなシャバい脅《おど》しにビビってんのかよ？」

「今回の話は内々で進めていたもので、知る者は少ない。私は幹部連中にすら伏せていた……この意味が分かるか？」

アーロンの説明にモーリスは顔色を変えた。その言葉の意味することが分かる以上、決してただの馬鹿というわけではなさそうだ。

「まさか、この中に脅迫状を出した奴がいるってのか？」

「そうやって悩んでいたところについ昨日、シェリンガム氏からコンタクトがあった」

シェリンガムは肯いてみせる。

「あなたがご子息の婚約の件で困っているのなら力になれるかもしれない、とメールを送ったただけさ」

「だから私はアンと相談し、我々のいる場所まで辿り着いたら雇うと返事をしたのだ」

「で、なんであんたは脅迫状の件を知ってたんだ？」

モーリスの質問に対してシェリンガムは不敵に笑う。

「それは企業秘密ということにしておこうか。ただ、私に分からないことはないよ」

「怪しすぎるだろ！　そんなの、全部こいつのマッチポンプじゃねえの？」

「いや、それでも探偵殿の実力は本物だ。我々が今、ここにいることまで正確に突き止めたのだからな」

アーロンに同意するようにアンが言葉を続けた。

「虚月館の場所を知っているのは商会でも限られた者だけ、設計した日本人建築家も最早この世の人間ではない……我々の今日の旅程を完璧に追跡したとしか思えません」

「挨拶代わりになっただろう？」

シェリンガムは事も無げにそう言い放つと、一人一人にロックオンをするように視線を這わせる。

「この館にいる人間は私を除くと主にゴールディ家、ヴァイオレット家、マーブル商会のいずれかに分類される。直接の関係者ではない者も二人ほどいるがね。ドクター・ホーソーンと……そこのリッカだ」

そう言いながら、シェリンガムは片目でこちらにウインクしてみせた。まるで全て分かっていると言いたげだ。

この探偵……一体、どこまで見通しているんだろう。

「この館で何が起きようと、私が解決すると約束しよう。何せ、私は名探偵だからね」

シェリンガムはあの名探偵のように高らかにそう宣言した。


気がつくとそこはカルデアのマイルームだった。

「良かった、目を覚まされました！　先輩、大丈夫ですか⁉」

「……マシュ？　マシュという名前のマシュ？」

ついそう尋ねてしまう。カルデアにいる以上、目の前にいるのはあの可愛い後輩に決まっているが、これで別人だったりしたらいよいよ耐えられない。

「は、はい、マシュ・キリエライトですが……」

その返事に深く安堵《あんど》する。

「わたしと同じ名前の別人、あるいは違う名前のわたしがいたりするのでしょうか……？」

なんだろう。寝起きで話しても上手く説明できる気がしない。

今から寝直したらあの続きが見られたりしないかな……。

「この状況から判断して……俺、もしかして倒れちゃったのかな？」

「いつものレムレムトランスと言いますか……あの、憶えていないのでしょうか……？」

「全然……」

マシュは少し悲しそうな顔をしていた。

「休憩室で先輩はホットコーヒーを、わたしはココアを購入しまして。わたしたちはお茶をしながら会話を楽しんでいたのですが、先輩は窓から見える月をじっと眺めて、唐突に『ジュリエット……』と呟かれた後、ノータイムで眠ってしまわれて……あとコーヒーもこぼれてしまって……」

言われてみるとコーヒーを買ったところまでは思い出せる。だがその後がひどく曖昧だ。確かに何気なく月を眺めた気がするが……。

「そう。それは小規模ながら花火のような騒動だった。とくにマシュ嬢のパニックぶりがネ」

いきなり割り込んできたのはジェームズ・モリアーティその人だった。先ほどの夢の中でも同じ顔を見ているが、やはり別人としか思えない。本物のモリアーティは友好的だが、やはり底知れない怖さもある。

よく見ればシャーロック・ホームズも一緒だった。きっとマシュだけでなく、この二人にも助けて貰ったのだろう。

「だが天はキミたちを見捨てなかった。いや、目を離していた、の間違いか。たまたま通りかかったのが何を隠そう、この私でね。老骨に鞭《むち》を打って君を運ぶ羽目になったのさ。後はまあ、ガラにもなく診察のマネ事もね」

「情報は正しく伝えるべきだな教授《プロフェッサー》。通りかかったのは君だけではないだろう。正しくは私たち、だ。診察も私の手によるものだったが？」

ホームズにそう言われて、とりあえず二人にも頭を下げる。経緯はどうあれ迷惑をかけたのは事実なのだから。

「ご迷惑をおかけしました」

「なに。マシュ嬢にこう、腰をぐるりと摑まれては見て見ぬふりもできなかっただけサ。まさにスモウレスラーを彷彿《ほうふつ》とさせるヨセだった。私があと二十年若ければ落ちていたとも！」

マシュは少し照れたように身をよじる。

「ところでマシュ……今は2017年5月だよね？」

ふと確認したいことを思い出してそう尋ねると、マシュは戸惑いつつも肯く。

「は、はい。5月の7日ですが……それがどうかなさいましたか？」

ホームズは片眉を上げる。

「……ふむ。コーヒーによる軽い火傷も気にせず、まずは日付の確認とは」

そして何かを察したようににまりと笑う。頭の中を覗かれたわけではなさそうだが、この名探偵には大方の察しがついたようだ。

「これはよほどおかしな夢を見たようだ。どんな内容だったか話してくれないかな？」

長い夢だった……かいつまんで説明するのも一苦労だ。

それでもどうにか事情を説明するとマシュはむんっと力んで食いついてきた。

「それは……それは……それは、まるでミステリー小説の導入のような夢ですね、先輩っ！」

そういえばマシュはミステリー小説が大好きだった。

「えーと、話に聞くだけで可憐な容姿がわかるジュリエットさんにハリエットさん、母性愛の化身のようなエヴァさんに、天使のようなアン、いえケインさん、確信も確証もないのですが、ろくでもない家長であることがにじみ出ているミスター・アダムスカ。それから、それから――」

そんなマシュを見て、モリアーティは愉快そうに笑う。

「ははは。落ち着きたまえよマシュ嬢。立香君《マイボーイ》も混乱しているだろう？　ヴァイオレット家だけで五名、いや六名もいる。私はそのホーソーン医師という人物が気になるな！」

「ああ、きっとろくでもない人物だろうね。闇医者か、もしくは詐欺師まがいのコソ泥かだろう」

ホームズは冷たくそう言い放つ。この名探偵ときたら、モリアーティには一貫してずっと厳しいのだ。

「詐欺師？　最後に出てきた探偵役の男のことかね？　大仰な名前の館にさも主役のように登場するとは、いやはや厚顔もここに極まれりだヨ！　自称探偵というヤツはどうしてこう、ドイツもコイツもうさんくさいのだろうねぇ！」

と、モリアーティも負けじとひどいことを口にする。

「教授。お言葉ですが、ホームズ氏が奇人の振る舞いをなされるのは犯人を油断させる為です。うさんくさくない人に名探偵は務まりません。だって優しい探偵だと、たいてい中盤で殺されますから！」

ホームズは何か引っかかったように片眉を上げたが、何も口にはしなかった。そんなホームズをモリアーティは煽《あお》るように笑う。

「ははは、それは確かに！　実に羨《うらや》ましい、熱心なミステリーファンとはかくあるべきだ！　良かったねぇ、ホームズ君？」

「ありがとうミス・キリエライト。でも今は静かに。私もちょっと反省している」

マシュは頬を赤らめていたが、すぐに思い出したかのように室内にあるホワイトボードを指差した。

「あっ、先輩。今のお話からざっと人物相関図を描いてみたのですが……」

いつの間にかホワイトボードに今回の事件関係者の相関図が出来上がっていた。

「この図に何かおかしなところはありませんか？」

「うん。これで合ってる……と思うよ」

勿論《もちろん》、部外者である自分には分からない繋《つな》がりもあるだろうが。

ホームズはしばらく人物相関図を眺めていたが、ほどなくしてこちらに向き直るとその口を開く。

「……コホン。では話をその夢に戻そう。夢の中では君はリッカと呼ばれ、見知らぬ女性、ジュリエットに看病されていた。そして場所はここカルデアではなく見知らぬ洋館で、その洋館に集まった二つの家族。その人物たちは君の知るサーヴァントの面々だが、名前も性格も別人だった、ということだね？」

「はい。とても混乱しました」

「ただの夢にしては設定が細かすぎるな。そもそも、君は虚月《こげつ》なんて言葉を知っていたかい？」

「いや、全然……」

「辞書によると日本語の古語で三日月のこと、ですね。洋館には古めかしい名前が付きものです。いえ、付くべきだとわたしは断言します。虚月館……とてもいいと思います！」

「やれやれ。ミス・キリエライトのミステリ好きがこれほどとは。それで、教授。今の話、何かコメントはあるかな？」

モリアーティは腕組みして何事か考えていたが、ほどなく口を開いた。

「ふむ。その人間が本来知っている筈のないことを夢を通して知る……ということかね？予知夢、千里眼、遠隔共有。魔術世界ならそう珍しいものではないだろう」

「ああ。今回はその事例に該当するかもしれない。あくまで仮説に過ぎないが、誰かの見ている現実を受信してしまった可能性がある」

「ま、その線だろうねぇ。キミには不幸《バッドラック》な話サ。発信先は分からないが、立香君はそのリッカとやらと回線《チャンネル》が合ってしまった。だが人間というものはデータが多すぎる。声の調

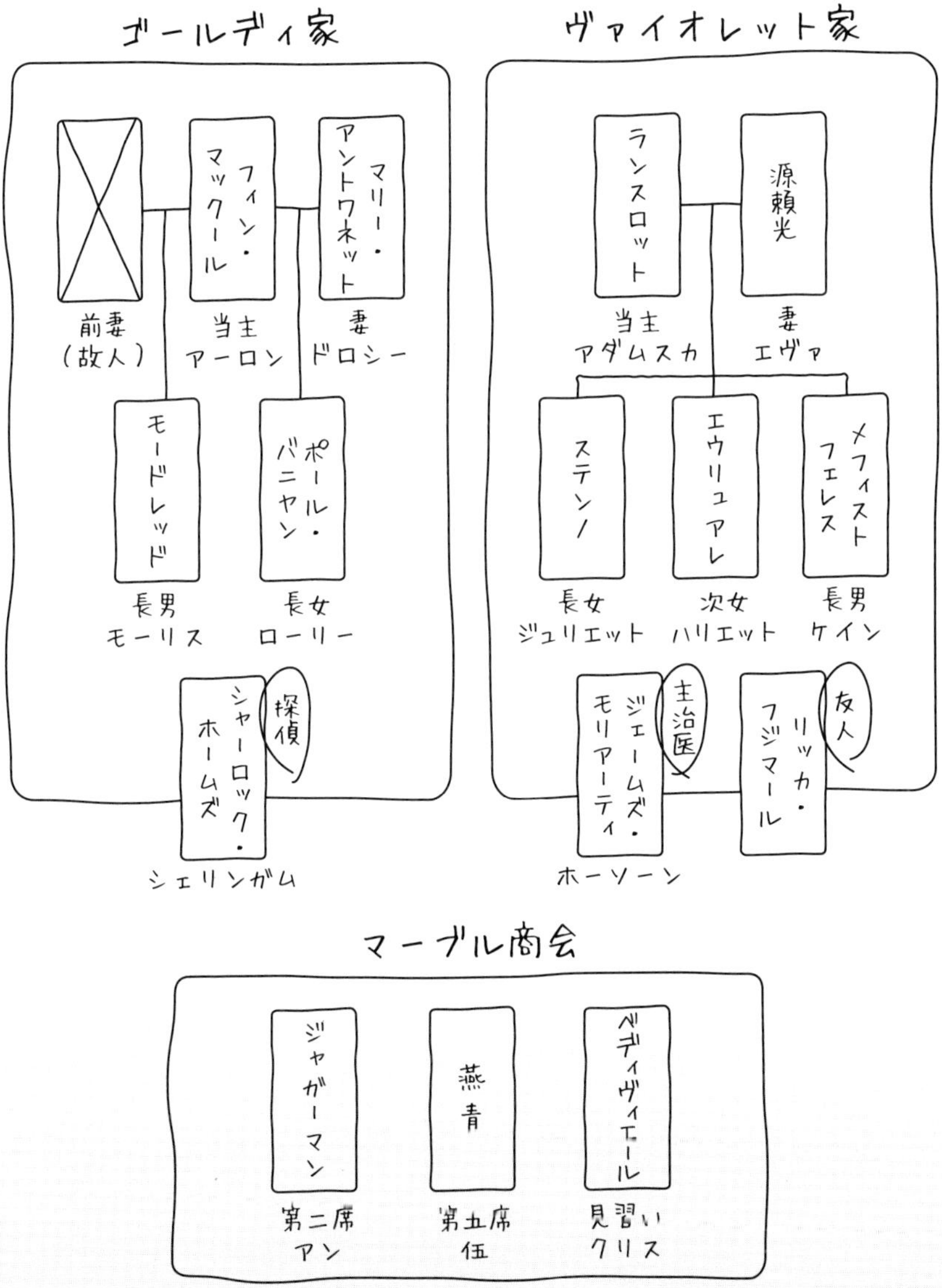
ゴールディ家
前妻
（故人）
フィン・マックール
当主
アーロン
マリー・アントワネット
妻
ドロシー
モードレッド
長男
モーリス
ポール・バニヤン
長女
ローリー
シャーロック・ホームズ
探偵
シェリンガム
ヴァイオレット家
ランスロット
当主
アダムスカ
源頼光
妻
エヴァ
ステンノ
長女
ジュリエット
エウリュアレ
次女
ハリエット
メフィストフェレス
長男
ケイン
ジェームズ・モリアーティ
主治医
ホーソーン
リッカ・フジマール
友人
マーブル商会
ジャガーマン
第二席
アン
燕青
第五席
伍
ベディヴィエール
見習い
クリス

子、肌の質感、表情などなど情報の塊だ。それを受信しきれなかったため、キミの脳の中にあるサーヴァントたちの姿に置き換えられたんだろうさ。いわば脳の安全機能だ。このままではパンクするから分かりやすいカタチに置き換えている」

立て板に水のように流れるモリアーティの考察を浴びて頭が混乱しそうだったが、どうにか呑み込む。

「ところで先輩、夢の中では自由に動けている感じなんですか？」

「自由に動けている……とは思う。でも同時に、リッカ・フジマールがそうしたいと願った通りに動いているような感覚がある。なんだか上手く言えないんだけど……絶対にジュリエットを悲しませたくない、という意識に支配されているというか」

まるでリッカから「自分には無理だけど、君なら大丈夫」と託されたような感じだ。

「だがキミの脳《ほんのう》は意識《キミ》より現状を正しく把握している。つまり――夢は今ので終わりではない。〝まだ続く〟ということをね！」

その言葉を聞いた瞬間、名状しがたい睡魔《すいま》に襲われた。抵抗できないのだろうなということだけは何故か分かった。

そういえばまだ大事なことを伝えていなかった。

「あの、リッ……」

そう言いかけた瞬間、立っていられなくなって思わず膝をつく。どうにか転倒は免《まぬか》れたが、首を固定することすら厳しくなってきた。

「先輩……？　――――先輩⁉」

首ががくんと折れ、視界が真っ暗になる。それでもまだマシュたちの声は辛うじて聞こえてくる。

「ほうら、やっぱり。マシュ嬢の言う通り、やっと冒頭が終わっただけさ。キミはこれから、その〝謎〟に付き合うことになる。キミにとっては夢だが、夢のキミにとっては現実であるその〝謎〟にね。そしてこの私、犯罪王ジェームズ・モリアーティの名において忠告しよう。キミの語った状況、人間関係には悪意があった」

顔は見えないが、モリアーティがそこでニヤリと笑ったのが分かった。

「――――間違いなく。キミは、その夢の中では〝被害者〟のカテゴリだよ」

「教授？　それはどういう――――」

状況を掴みきれていない様子のマシュは明らかに慌てていた。いや、こんな変則的な状況でも自分の身を案じてくれるマシュは本当にいい後輩だ。

「説明するにも時間がない。立香君の目蓋《まぶた》に砂をかけるが如《ごと》くサ。私にできることは、そうだねぇ。夢の中で、医師として手当をすることぐらいかな？」

嫌味にも聞こえるが、励ましてくれているような気がする。

「この表層意識の閉じかたは睡眠ではない……眠らないようにするのは不可能か」

ホームズの声だ。このまま意識を失ってしまいそうだが、それでも彼のアドバイスだけは聞いておかなければ。

「私からも一つだけアドバイスを。先ほどの話、モーリスとモードレッドの置き換えにどんな意味があるのか、考えたまえ。あれはモーリスの荒々しい性質にモードレッドの姿が割り当てられた為に起きたエラーだ。君がもとから得ている知識と、いま受信している出来事との差違といっていい。であれば、他にもその手のエラーがあるかもしれない。いいかね。見えているものが信用できない。それを決して忘れないように」

ホームズの言葉は耳に入る。だが思考力が落ちているせいか、もう上手く呑み込めない。

「とにかく慎重に考え、行動するんだ。夢に落ちた先では我々は何の助けにもならない。その夢は誰かにとっての現実であり、そして、夢を見ている間、君はその〝誰か〟となっている。脅かしたくはないが、そちらで死を迎えた場合、どうなるのか未知数だ」

そうだ。死……自分はあちらで生き残れるのだろうか。

「いいかな。まずは客観的に情報を集めるんだ。すべての推理は、そこから始まるものだからね――」

やがてホームズの呼びかけも届かなくなり、意識が――

第二章

二日目

The Kogetsukan murders day2

目を覚ますとそこは虚月館の部屋のベッドの上だった。シェリンガムの乱入で完全に脳が疲れてしまい、早々に部屋に戻ってそのまま休んだことを思い出した。

幸いにして、カルデアでホームズたちと話をした記憶は鮮明に残っている。こちらで必要な情報を集めておけば、事態は良い方へ進むかもしれない。

ベッドを出て、部屋のバスルームでシャワーを浴びる。顔かたちがどことなく似ていようが他人は他人、その身体は借り物だ。なんだか後ろめたいことをしているような気分になり、すぐに首の包帯を巻き直して服を身につけた。

どうにか苦労して身支度を終え、食堂に行くとほぼ全員が朝食を摂《と》り始めていた。

「サンドイッチ、美味しかったわね」

「そうね。なかなか気の利いたモーニングだったわ」

ジュリエットとハリエットが楽しそうに語り合っている。実際、ただのサンドイッチなのに美味しかった。素材が良かったのか、作り手の腕が良かったのか……。

「なんたって腕によりをかけて作りましたからね。喜んでもらえて光栄でさあ」

伍《ウー》は心底嬉しそうな笑みを浮かべる。

「実際、良かったぜ。サンドイッチならナイフとフォークがいらねえからな」

朝食がサンドイッチになったのは手を怪我しているモーリスに対する配慮だったのかもしれない。

「この紅茶も美味しいわねえ。葉っぱが違うのかしら？」

「エヴァ様、それは私が。紅茶についてはアン様から厳しく仕込まれたので」

アンが不機嫌そうに口を開く。

「クリス、余計なことは言わなくていい」

暴力を生業《なりわい》にしている者がカタギに紅茶に詳しいと思われるのが恥ずかしいのだろうか。

アンの心中がよく分からない。

「クリス君は良い旦那様になれそうねえ。清潔感もあるし」

「……エヴァ、よしなさい」

無邪気に品定めのような言葉を口にしたエヴァをアダムスカがたしなめる。

「今なんか、当てこすられたような気がすんだけど……」

上機嫌だったのが一変、モーリスはみるみる険しい表情になっていく。このままではまたひと悶着起こしかねない。

「御婦人の言葉に心を乱されるとは未熟だな。私がお前ぐらいの頃は何を言われても動じなかったぞ」

だがそんなモーリスをなだめたのは父親のアーロンだった。

「既に名だたる美女たちと浮き名を流していたからな！　ハッハッハッハ」

モーリスは舌打ちをする。

「ぼちぼち女遊びでもしようと思ってたら、親父がこんな縁談を持ってきたんだろうが」

「む、そうだったか？」

アーロンは言っていることは最低だったが、不思議と憎めないところがある。どんな組織であれ、人から愛される才能というのは役に立つのは間違いない。まあ、家族にして愉快な男かどうかは怪しいが……。

「モーリスさん、変な風に聞こえたのならごめんなさいね」

「ああ、別に気にしてねえよ」

「そうですか。ところでクリス君、あとで私の部屋に遊びに来ませんこと？」

「やめなさい、エヴァ！」

舌の根も乾かぬうちにとしか言いようのないエヴァの言葉に、アダムスカが悲鳴のような声を上げる。

「けっ、家の女子供に好き勝手言わせてるなんて情けねえ。そう思わないか、親父？」

今度はモーリスがヴァイオレット家を当てこすり始めた。流れが流れだけにアーロンも止めかねているようだ。

「……やめなさい、モーリス。お父様も困っているでしょう」

今回モーリスをたしなめたのはドロシーだった。義理の母でも母は母ということか。

「はいはい、分かりましたよ」

どうやらこの場は収まったようだが、二人の会話からはなさぬ仲の難しさを感じた。どちらの家庭も何らかの歪《ゆが》みを抱えているのかもしれない。

「美味しかった……」

ローリーが食事の余韻《よいん》を味わうように口をもぐもぐさせながらそう言う。その姿はさながら天使のようだった。

「沢山食べたわね、ローリー。綺麗に食べられてえらいわ」

「ねえねえ、あれも食べてもいい？」

ローリーは空席に配膳されて、食べる者もいないいままただ乾いていくばかりのサンドイッチを指さした。

「そういえば一食余ってますなー。僕も食べたいですぞー」

ケインも両方の人差し指でサンドイッチを交互に指さす。行儀が悪いなんてものではないが、らしいといえばらしい。

「じゃあ、ケインお兄ちゃんとはんぶんこだね」

「……そいつはシェリンガムさんの分なんですがね」

伍《ウー》に言われてみてようやく気がついた。シェリンガムがまだ朝食のテーブルに姿を現していないではないか。

「おい、クリス。シェリンガムさんはどうなってる？」

「シェリンガム様ならまだお休み中のご様子です。お疲れなのかと思い、敢《あ》えてノックはしませんでしたが……問題がありましたか？」

「いや、客人への対応としてはパーフェクトだが、なんか引っかかるんでな」

アーロンが少し心配そうな表情を覗かせる。

「しかし今朝はこれから探偵殿と今後のことを話し合う予定が入っているのだがな」

クリスはにっこりと笑って、一礼する。

「そういう事情でしたら私にお任せ下さい。シェリンガム様をお呼びします」

クリスは背を向けると、足音もなく立ち去る。マーブル商会の見習いの構成員とはいえ、体術はしっかりと磨かれているようだ。

「朝ごはんいらないかどうかもきいてね！」

「きいて、きいて！」

ローリーとケインが愉快そうにクリスの背にそんな言葉を投げかける。だがモーリスはその模様をこめかみを押さえながら見ていた。

「頭が痛くなってきたぜ。ここは幼稚園か？」

しかしハリエットとエヴァはモーリスの当てこすりを鼻で笑う。

「あら、大きな子供がなーんか言ってるわね？」

「そうねえ……でも生意気だからこそ可愛く思えたりしない？」

反対に品定めされてしまったモーリスが激高する。

「だから聞こえてんぞ！」

今にも席を立って詰め寄りそうな剣幕だ。だがその刹那《せつな》──

「うわあああああああ！」

どこからか男性の悲鳴が聞こえてきた。この声の響き方だと、館内のどこかだろうか。

いや、それよりも……。

「今の声は……クリス？」

隣のジュリエットの不安そうな問いかけに首を縦に振る。クリスの悲鳴を聞くのは初めてだが、声質や状況的に声の主は彼しかありえない。

現場へ急行すべく、ジュリエットと同時に席から立ち上がる。

「私たちで見てきます。みんなはここで待ってて」

「しかし……」

アダムスカからはどうにかしてジュリエットを思い留まらせようとする気配が見られたが、その前に伍《ウー》が口を開いた。

「ただ事じゃねえな。俺もジュリエットお嬢様とリッカと一緒に行くんで、他のみなさんはここで引き続きお寛《くつろ》ぎ下さい」

そう言いつつ、伍《ウー》がこちらだけに分かるようにそっとウインクしてきた。どうやら気を利かせてくれたらしい。この男のことがますます好きになりそうだ。

とりあえず異議が出ない内にと、ジュリエットと伍《ウー》と共に食堂を後にした。


クリスの姿はすぐに見つかった。

「皆さん？」

クリスは目的地の筈のシェリンガムの部屋の前でフリーズしていたが、幸いにして怪我を負っているとかではないようだ。

「どうしたんだ、クリス？　滅多に出さねえような声出しやがって」

「思わず取り乱してしまいました。もう大丈夫です。ですが……」

クリスはおずおずと、シェリンガムの部屋のドアに視線を注ぐ。鍵はかかっておらず、半開きだった。

「室内に何があるの？」

「ジュリエット様、いけません」

クリスの制止は一瞬、間に合わなかった。ジュリエットが半開きだったドアを軽く押すと、床にうつ伏せに倒れているシェリンガムの姿が一同に晒《さら》された。

完全に意表を突かれた……まさか探偵が真っ先に殺されるなんて！

「何これ……本当に死んでるの？」

ジュリエットはショックを受けていた。まさかドアの向こうに死体があるとは思ってもみなかったのだろう。

「見た感じだととっくに手遅れだな……現場は一旦封印して、まずは報告だな」


みなで食堂に戻ると、伍《ウー》が淡々と一部始終を告げた。

「まさかシェリンガムさんが亡くなられるなんて……」

ドロシーは昨日出会ったばかりの男の死に胸を痛めているようだった。

アーロンもアンも押し黙っているが、彼らの胸中はなんとなく推し量れる。シェリンガムは素性こそ胡散臭《うさんくさ》いが探偵としての能力は本物だったわけで、滞在してくれれば館内での犯罪行為への抑止力になりえたのだ。だが、その抑止力はあっさりと失われてしまった。

「犯人はこの中にいるのでしょうか……いや、もしかして何かの事故ではありませんか？」

アダムスカが心配そうな顔で伍《ウー》に問いかける。そもそもシェリンガムをいともたやすく殺害できるような人間がこの中に潜んでいるという事実はあまりにも重たい。何かの間違いであって欲しいというアダムスカの気持ちも分かる。

「まだ俺らの方で詳しく調べたわけじゃありませんが、どうにも事故死や自然死って感じではなさそうですね」

「こういうことを訊ねても意味はないかもしれないけど、最後にシェリンガムさんと顔を合わせたと思う方は？」

ハリエットの言葉に答える者は誰もいないと思われたが、意外なことにクリスが手を挙げた。

「あら、あなた？」

「発言をお許し下さい。厳密には最後ではありませんが……昨夜、シェリンガム様に頼まれてお部屋まで紅茶を運びました」

「それで？　まだ続きがあるのだろう？」

アンが腕組みをしたまま、クリスに圧をかける。だがクリスは明らかに躊躇《ためら》っている様子だった。

「それが……」

「緊急事態だ。この場で事実を話せ」

他ならぬ上司にそう言われては仕方ないと思ったのか、クリスは続きを語り始めた。

「シェリンガム様はティーカップを二つ所望されまして……どうやらどなたかがお部屋にいたようです」

「マジかよ……」

そう呟いたのはモーリスだったが、表情を見る限りクリスの言葉にそれなりに驚いているようだ。

「それで、その一緒にいた相手というのは？」

アンが先を促すが、クリスは首を横に振った。

「それが……分からないのですよ。シェリンガム様は部屋の外で私を待っておられまして、ポットとティーカップを受け取ると一瞬でお部屋に……中の様子を窺う隙さえありませんでした。ただ、その行動から中に御婦人がおられるのではないかと邪推しまして……それ以上は追及できませんでした」

「まあ……クリス君は案外うぶなのですね」

エヴァがくすくす笑いながらそう言う。クリスは一瞬恥じ入るように俯《うつむ》いたが、すぐに顔を上げて説明を再開する。

「ただ、一つ手がかりがあるとすれば……シェリンガム様が左利き用のティーカップを一つ所望されたことでしょうか。シェリンガム様ご自身は右利きのようだったので、お相手の方が左利きだったと思われます」

「ハハッ、こりゃ傑作だ」

モーリスが肩を揺すって笑う。

「こんな時に密会してた女がいたわけだ。仮に〝左利きの女〟として……まさか義母《かあ》さんじゃないよな？」

名指しされたドロシーは顔色を変える。

「モーリス、なんてことを言うの！　冗談でも言っていいことと悪いことがあるわよ。あと、私は右利きです。十年一緒に暮らしているのに知らないワケないでしょう？」

「あー、はいはい。冗談だよ冗談」

伍《ウー》が一同を見渡してこう告げる。

「ちょいと不躾な質問で申し訳ありませんが、この中で左利きの方は？」

しかし先ほどのハリエットの時とは違い、伍《ウー》の問いかけに肯定の返事をする者は誰もいなかった。伍《ウー》は気まずい表情でかぶりを振ってみせる。

「……いないようですね。まあ、タイミング的に申告しづらいってのもあるでしょうが」

「密会はともかく……まさかこんなことで同盟の話が流れてしまうなんてことは……」

アダムスカは明らかに狼狽《ろうばい》していた。どうもシェリンガムの死なんかよりも同盟の話が立ち消えになってしまうことの方を恐れているようだ。

もしかすると死体は見慣れているのかもしれない……。

「アクシデントはありましたが、仕切り直しの上、予定通り続けさせていただきます」

アンの言葉にアダムスカは露骨に安堵してみせた。だが、ドロシーは色めき立った。

「嘘でしょう？　中止して帰るべきよ。早く迎えをよこして！」

「生憎《あいにく》ですが、外部と連絡を取る手段はありません。何が起きても中止という選択肢だけはありえないので」

アンは事務的な口調で冷たく言い放つ。

「そんな……ローリーもいるのよ？」

「迎えが来るのが明後日、それまではどうあってもここで過ごしていただきます」

ドロシーが娘の安全が心配で感情的になっているのだということは見て取れた。

そんな妻の肩を抱き、アーロンはこう告げる。

「いや、それでいい。こんなことでおいそれと中止する訳にはいかない。我々だけでなく、ヴァイオレット家の方々にとっても重要なことなのだから」

「私も同感です。いや、実にありがたい……」

頭を下げるアダムスカの姿を見て、モーリスは鼻で笑う。

「いやー、必死だねえ。そんなに同盟が大事なのかよ」

「……モーリス、流石に今のは看過できんぞ。謝罪しなさい」

静かだが、強い怒りが込められた口調だった。父親の怒りの大きさを理解したモーリスはアダムスカに向かって軽く頭を下げる。

「はいはい。アダムスカさん、すいませんでした」

形ばかりの謝罪をした後、モーリスは一同を睥睨《へいげい》してこう言い放った。

「ただな、この中に犯人がいるのだけは確実だ。いいか、俺はこんなことでビビったりはしねえからな！」

そんなモーリスを見て、アンは伍《ウー》たちに聞こえるぐらいの小さな声でぼやいた。

「人員を絞ったのが裏目に出た、か。よもやこんなことになろうとは」

しかしこれがアンの判断ミスとは思えない。殺人事件なんて想定できる方がおかしいのだから。

「バカンス気分だったところ恐縮ですが、なるべく俺らの目の届くところにいて下さいね」

「その代わり、何かあれば我々になんなりとお申し付け下さい」

上役の心痛を汲んだように、伍《ウー》とクリスがみなに話しかける。方法はどうあれ、ゲストたちの不安を取り除くのが第一だと判断したのだろう。

「それでは皆様、引き続きごゆるりと」

伍《ウー》のその言葉に両家の人間はいくらか安心した表情になり、みな思い思いのタイミングで食堂を出て行った。

食堂を後にしてジュリエットとあてもなく廊下を歩いていたが、彼女はずっと浮かない表情だった。

「ごゆるりと、って言われてもねえ。全然落ち着かないんだけど」

同意を求められて肯く。こんな状況でレジャーを楽しめるような神経は持ち合わせていない。

「……ねえ、あれ」

ジュリエットが袖《そで》を引っ張る。彼女の視線の先を確かめれば、伍《ウー》とホーソーンがこちらを待ち受けるように立っていた。

「よう、お二人さん。お楽しみのところ悪いがちょっといいかい？」

「何？」

ジュリエットは腕組みをして伍《ウー》を睨みつける。

「あー、そんな怖い顔しないで。実はリッカに話があってね」

「喋れないリッカの代わりに私が話すわ」

ジュリエットが守ってくれようとしていることに嬉しさを覚えたが、その反面守られている自分に一抹の情けなさも感じる。だからせめて、ずいと前に一歩踏み出すことで意思表示をした。

「ああ、リッカ。お暇なら探偵役をお願いできますかい？　実は警戒にリソースを割いてるせいで手が回らねえんだ」

「それって……リッカを犯人だと思ってないってこと？」

ジュリエットは安心とも不安とも取れる表情を浮かべる。

「初日にボールを頭に受けてからの騒ぎを見てたんですわ。あれを避けられないようなどんくさい……おっと失礼、体捌《たいさば》きがド素人な人間に殺人なんて大それたことができるとはとても思えなくてさあ。まあ究極、人を殺すのに体術はいりませんがね」

言いたい放題だが、伍《ウー》の見立てはほぼ正しかった。

「根拠はともかく、リッカに人殺しなんてできないってところは同感ね。それでリッカ、探偵役、引き受けるの？」

今度は力強く肯く。するとホーソーンが少し驚いたような顔でこちらを見ていた。

「おや。おとなしい性格だが、行動力のある若者だったのだね。私も賛成だ。きっとリッカ君ならどちらの家にとっても公平な判断ができるだろう」

「ところでドクターはどうしてここに？」

「私も伍《ウー》君から頼まれたんだよ。何せ、ここで検死ができるのは私だけだから」

言われてみるとそうだ。傷の治療程度なら伍《ウー》たちにも可能かもしれないが、検死は専門家のホーソーンにしかできない。

「ではシェリンガムの部屋に行こうじゃないか。まったく、気は乗らないがね」

「それもそうね。じゃあ、行きましょう」

ジュリエットと共に踵《きびす》を返し、ホーソーンと三人で現場に戻ることになった。

死体なんて見て気分が良くなる筈もないのだが、シェリンガムの亡骸《なきがら》は思いの外綺麗だった。

「青ざめてはいるけど、まだ生きているみたい……」

「そう見えるなら手首に触れてみるといい」

「そう？　じゃあ、念のため……」

ホーソーンに促されたとはいえ、事も無げに死体を触るジュリエットの姿に唖然《あぜん》とした。随分と勇敢な乙女だ。何が彼女をこうさせるのだろう。

「……確かに脈がないわね。リッカも触る？」

慌てて首を横に振って、意思を伝える。するとジュリエットは半眼でこちらを見てきた。

「私が好きで死体を触ったとでも思ってるの？」

改めて首を振る。何故ジュリエットがシェリンガムの死体に率先して触れたのかが分からなかったからだ。

だがその答えは彼女自身の口から明かされた。

「私だって怖いわよ。けど、この人が亡くなったのはなんだか私にも責任がありそうな気がしたから……」

「ジュリエット、君こそ顔色が悪い。私とリッカ君に任せて、部屋で休むといい」

「ううん、付き合うわ。どうせ部屋に一人でいるのも怖いし」

ホーソーンは肩をすくめる。

「そういうことなら止めはしないが……さて、死亡確認はもういいだろう。死体の冷え方から判断して死亡は深夜だと思われるが、肝心なのはシェリンガム氏の死因だね」

「ドクターの見立ては？」

「おそらくは何らかの毒物によるものだろう。ただ、毒の種類と体内への侵入経路までは不明だ。いま分かるのはこんなところだろうか」

なんだか拍子抜けだ。専門家なのだからもっと具体的な見立てを口にするものだとばかり思っていた。

「それだけ？　他には？」

「私は医師だが、この方面の専門家という訳ではない。毒を飲食物に混ぜて飲まされたのか、針のようなものに塗《ぬ》って刺されたのかまでは判別がつかないのだよ。せめて毒物検出用の試薬でもあればいいんだが……」

突然、ノックの音がした。

「クリスです」

「ああ、どうぞ入って」

ジュリエットの許可が下りると、クリスは静かに部屋に入ってきた。

「お取り込み中のところ、失礼します。今日は気温が高くなりそうなので……そろそろシェリンガム様の遺体を運び出してもよいでしょうか？」

　なるほど、クリスの提案にも一理ある。今はいいが、ホームズの姿をした死体が腐り落ちていくところなんてできれば見たくない。

「ああ、すまない。忙しいのに余計な気を遣わせてしまったね」

「それよりドクター、毒の件はどうするの？　飲食物に入れられたら防ぎようがないじゃない」

「伍《ウー》さんに限って調理中に毒を入れられたりすることはないと思いますが、念の為に私が毒味をしますよ。だから安心して下さいね」

　クリスは微笑みながら事も無げにそう言い放った。

「ちょっとあなた……毒が入ってたら最悪死ぬのよ？　なんで笑顔でそんなこと言えるの？」

　クリスは微笑みを引っ込めると、寂しそうな表情で答える。

「私は物心がつく前にマーブル商会に拾われました。だから商会のために命を使うのは当然です」

「何それ……自分の人生でしょ？　そんなことでいいわけないじゃない」

「……お言葉ですが、ジュリエット様。私にとってマーブル商会は家族であり、アン様は親も同然です。そしてあなたも家のために望まない縁談を受けるではありませんか……それと何も違いませんよ」

「全然違うわよ！」

ジュリエットが叫んだ。だが、すぐに冷静さを取り戻したようで、こう付け加える。

「……違うんだったら」

「失礼、言葉が過ぎました。お許しを」

「いいわ。もう怒ってないから」

そういうジュリエットももう、普通の表情に戻っている。

「さて、検死が済んだところで……シェリンガム氏をどこかに運んであげたいね」

ホーソーンの言葉にクリスが肯く。

「それでしたら地下室が空いてます。ただ、ゲストをお通しするにはいささか殺風景なところなので、私が遺体を運びましょう」

「待った！」

クリスに異議を唱えたのはホーソーンだった。

「はい？」

「遺体を運ぶだけなら私とリッカ君で充分だ」

「しかし……」

クリスは気が進まない様子だった。素人に遺体の運搬を任せるのが不安なのか、それともこちらが信用できないのか……。

　だがホーソーンはにこやかに説得を続ける。

「そちらの人手が足りないのはよく承知しているよ。だからこそ適材適所でやっていきたいんだ。こんな単純労働なら私たちだけでも済む。その代わり、一仕事終えた後のご褒美として美味しい紅茶を淹《い》れてくれないだろうか。それは私たちにはできないことだからね」

　クリスはその言葉を聞いた後もしばらく迷っていたが、やがて破顔して肯いてみせた。

「そういうことでしたら是非」

「ねえ、茶葉はどれぐらいの種類があるの？」

　紅茶と聞いて興味が湧いたのか、ジュリエットがクリスに話しかける。

「そうですね。何でもとは申しませんが、有名どころからちょっとマイナーなものまで手広く揃えております。ジュリエット様もきっとお気に召すのではないでしょうか」

「ふうん……直接選んでもいいかしら？」

「ええ」

　ホーソーンが「やろうか」と小声で作業を促す。その唇の動きを読み取ったのか、クリスはジュリエットをさりげなくエスコートする。

「では、倉庫までご案内します。ホーソーン様、リッカ様、後ほど応接間で」

　二人を見送ると早速ホーソーンと遺体運搬の準備を始める。床に敷いたシーツにシェリンガムの遺体を乗せ、そのまま優しく包む。

「君は足の方を頼む」

促されておそるおそるシェリンガムの足首を掴む。ズボンとシーツ越しとはいえ、命の抜けた人の身体の重さを感じるのはあまりいい気分ではない。さっさと地下室まで運んでしまいたい。

「それでは行こうか」


「よっこいしょと……」

地下室の床の上にシェリンガムの死体を下ろす。

「こういう仕事は腰に来るね。私ももう若くない」

こちらも随分と疲れた。遺体が一緒でなければここで一休みしてから応接間まで戻りたいところだ。

「シェリンガム氏にはここで眠っていて貰おう。室温も低いし、遺体が激しく傷むこともないだろうしね。まあ、本当に殺風景な部屋だったことは驚いた……というより、肝を冷やしたが」

そこまで言って、ホーソーンは不意に邪悪な笑みを浮かべる。

「さて……それはそれとして。やっと二人きりになれたね」

思わず自分の迂闊《うかつ》さを呪う。武器も何も持っていない。今ホーソーンに襲いかかられたら間違いなく命を落とす。

だが次の瞬間、ホーソーンは申し訳なさそうな顔で謝った。

「いや、脅かすつもりはなかったんだ。私はただ君と二人で話がしたかっただけだよ……ジュリエットがいない方が好都合だからね」

どうやらジュリエットに関することを話してくれるようだ。それならば素直に耳を傾けた方が良いだろう。

「私はジュリエットを赤子の頃から知っている。彼女の母上とも古い付き合いだ」

ということはもしやかつては恋人同士だったのだろうか。

「そういうんじゃないサ！　断じてないサ！　いや、自分で言ってて悲しくなってきたな」

ホーソーンは必死に否定する。どうやら邪推が顔に出ていたようだ。

「なにせ、彼女はモテたからさ。私のような冴《さ》えない男は相手にして貰えなかったんだよ。そうでなくても有名なヴァイオレット家のお嬢さんだ。気後れして、アプローチなんてとてもとても……まあ、それでも私のことは友達としては見てくれたようでアダムスカと結婚した後も友人付き合いを続けてくれた」

いわゆる良いお友達というやつか。

「更に言えばジュリエットたちが生まれた後は私をヴァイオレット家の主治医に選んでく

れたのだよ。長年私に多くの定収入を与えてくれたヴァイオレット家に恩義はある。あるが……今回の話は気が進まない」

そう語るホーソーンの表情は苦渋《くじゅう》に満ちていた。

「ゴールディ家とヴァイオレット家……君の目には上流階級の一員に見えるかもしれないが実のところ、どちらも先祖代々、反社会的活動を生業とする一族でね。金と暴力には困らない……そういったものを武器にしてここまで続いた人種だ」

モーリス以外はとてもそう見えないが、まあそういうものかもしれない。

「……なのだが、ここ数年、彼らの置かれている状況はともに危うくなっている。彼らは本来、ある都市を牛耳ろうとして長年争ってきた不倶戴天《ふぐたいてん》の敵同士だった。ところが近年は外敵からの侵攻もあってね。両家はかなり疲弊《ひへい》しているんだ。……おそらくこのままでは十年も持つまい。それどころか、抗争で共倒れもありえる。そんな状況で両家の当主は同じ結論に達した。同盟……いや、合体だ。互いに決して裏切らない関係となる……その証として両家の長男長女を婚約させることになった」

なるほど。しかし二十一世紀にもなって政略結婚なんて……。

「政略結婚なんて馬鹿げてると思うだろう？　でもこれはいい大人たちが真面目に話し合って決めたことだ。だからもう容易には覆《くつがえ》らない」

ホーソーンは深い溜息を吐いた。まるでジュリエットの実の父親のように、彼女の先行きを憂えているのが伝わってくる。

「私は独身だが、ジュリエットたちを自分の子供のように思っている。そして時々、ジュリエットに母親ほどの奔放《ほんぽう》さがあればと思うことがあるんだよ。あの子は今、家族のために望まない結婚をしようとしている。それがとても歯痒《はがゆ》いんだ。おまけにあのモーリスという輩……君は彼が良い夫になると思うかい？」

首を横に振った。部外者でもそれぐらいの意見を表明してもいいと思ってしまえるほど、モーリスの人間性は酷い。

「同感だよ。モーリスは下らないメンツやその場の感情で暴れるだけのチンピラだ。だが、ゴールディ家もヴァイオレット家もああいった連中で溢れている。だから今回の合併にも簡単には合意しない。先を見通せずに過去と今しかないからな。それどころか敵と組むらいなら全面戦争の方がマシと思っているような連中ばかりだ。実際、アーロン氏もノダムスカも部下たちから相当突き上げを食らったらしい。困ったアーロン氏はマーブル商会を頼ることにしたのさ。なにせ、マーブル商会の立ち会いは絶対だ。マーブル商会が立ち会った婚約にケチをつけられる人間なんて裏社会のどこにもいない」

恐れ知らずに見えるモーリスですらアンたちに及び腰のように見えたのは、彼ら個人の暴力もさることながら、そのバックのせいでもあったのか。

「……表向きは三泊四日の家族旅行ということだが、両家の契約をこっそりと完成させるための場なのさ」

ひどい話だ。だが、どうしてこんな重要な場に部外者のリッカが呼ばれているのだろうか。

「どんな選択をしようとあの子の人生かもしれないが、それでもあの子には間違って欲しくないいんだよ。まあ人生は長いから、この先何があってもおかしくない。もしもジュリエットが君に手を伸ばしてきたら、どんな形でもいい。手を取ってやってくれないだろうか？憧れた女性に気後れして、振られることすらできなかった私にこんなことを言う資格はないかもしれないがね」

中年医師の後悔を聞いて少ししんみりしてしまった。

「さあ、戻ろう。ジュリエットが美味しい紅茶と待っている」


応接間へ行く途中、廊下の奥で待っている筈のジュリエットの姿が見えた。それもどうやら誰かと押し問答を演じている模様だ。小走りに駆け寄ると、ジュリエットにモーリスが絡んでいるのが分かった。

「そこを通してくれない？　紅茶が冷めちゃうから」

「俺の話を聞いてくれたらな」

ジュリエットを助けようと踏み出したところをホーソーンに止められた。

「何やら揉めているようだね……だが、一応あの二人は婚約者同士だ。ちょっとだけ様子を見ようか」

ホーソーンの提案に従い、ここは静観することにした。

「いいわ。で、話って何？」

ジュリエットは不機嫌さを隠そうともしなかった。一方でモーリスは下卑た笑みを浮かべている。

「ぶっちゃけて言うとさ、妹さんの方が好みなんだわ。だからあの子と代わってくれねぇかな？」

遠目にもジュリエットが怒ったのが分かったが、辛うじて怒りを呑み込んだようだ。そして努めて静かな静かな口調でモーリスに尋ねる。

「それは私とあなたで決められるコトじゃないでしょう」

「いや、あんたが俺に惚《ほ》れてたら可哀想かなって思ってな。先にお伺いを立てたってわけ。でもあんた、素直なタイプじゃなさそうだから、こんなこと訊いても本心を明かしてくれなそうだな。まあ、どうしてもって言うんなら抱いてやらなくもないぜ？　あんただって全然悪くないしな」

「あなた、最低ね……」

今度ははっきりと嫌悪の情を表明した。ジュリエットの我慢もここが限界だったらしい。

「どうするかね、リッカ君？」

あの最低な野郎に石なりボールなり投げつけてやりたいところだ。もちろん、相応の報復があるだろうが、これ以上は我慢できない。

だが、そこに救世主が現れた。

「モーリス様、それ以上は……」

通りすがったクリスがモーリスをやんわりと注意する。するとモーリスは勢いよく飛び退《の》いた。

「おっと、おっかねえ奴が来た。今度は腕を折られるかもしれねえから退《ひ》いてやるよ。俺はちょっと外を散歩してくる。ついてくんじゃねえぞ！」

そう言ってモーリスは逃げるように立ち去った。絵に描いたような三下の動きだ。だが、これでジュリエットを慰められる。

「大丈夫かね？」

ホーソーンの質問にジュリエットは肯いてみせる。

「大丈夫よ……平気じゃないけど」

そう言いながら、こちらをじっと見ている。即座に助けに入らなかったことを恨んでいるのだろうか。

「クリス、ドクター、先に行っててくれない？」

名指しされたホーソーンとクリスは顔を見合わせる。だが、結局はジュリエットの気持ちを汲むことにしたようだ。

「ふむ、そういうことなら……行こうかクリス君」

「ええ。では美味しい紅茶を淹れておきます」

「ありがとう。紅茶が冷める前には行くから」

そして二人は立ち去った。その背中を見送りながら、これからジュリエットに先ほど助けに入らなかった件でこってり絞られるのかと思い、胃がきゅっと痛んだ。

「ねえ、リッカ。ただの家族旅行って騙《だま》して連れてきてごめんね」

だがジュリエットの口から出たのは謝罪の言葉だった。

「どんなひどい奴が相手かと思ってたら……想像より二割増しぐらいひどかったわ」

「たった二割だけ？」というニュアンスをどうにか伝えたくて、指を二本だけ立ててみせた。するとジュリエットは破顔した。

「ぷっ。なにその指。おっかしい！」

先ほどまでの棘《とげ》のあった雰囲気が嘘のようだ。いや、きっとこちらがジュリエットの素なのだろう。

「いつもおっとりしているけど、今日は二倍増しで天然なのね！」

そう言ってジュリエットは抱きついてきた。少し迷って、背中に手を回す。

「――ふふ。ありがとう、リッカ。少し気が楽になった。でもね、私はこの家に生まれたからいい暮らしができた。今の学校にも通えたし、あなたとも出会えた。その全てに感謝している。だからこそ長女として逃げるわけにはいかないの」

胸にジュリエットの吐息を感じる。この距離なら小さな声でもジュリエットの耳に届く。

『一緒に逃げようか？』

そんな言葉が自分の口から溢れて、思わず喉を押さえる。まるで誰かが自分の口を借りて言葉を発したような感覚だった。

「ちょっとあなた、声……」

ジュリエットもこちらの口を手で塞ぎ、周囲を見回す。幸いにして、誰も聞いていなかったようだ。ジュリエットは手をゆっくり離しながら話を戻す。

「気持ちは嬉しいわ。でも逃げても妹が犠牲《ぎせい》になるだけ。それは流石にね……モーリスを喜ばせるのも癪《しゃく》でしょ？」

どうやらジュリエットにはもうモーリスと婚約する覚悟があるらしい。だが、それは諦めの裏返しのようで……どうにも素直には受け取れなかった。

そんな思いが表情に出ていたのか、ジュリエットは突然怒り始めた。

「ちょっと何、その顔？　そんな顔を見たくて連れてきたんじゃないんだけど？」

そう言ってジュリエットは突然、両手で突き飛ばしてきた。殺意なんて微塵《みじん》も感じられなかったが、その力は存外に強く、後頭部を壁にしたたか打ち付ける羽目になった。

あ……なんかマズいかも。

頭が少しクラッとしたかと思うと、次の瞬間にはもう廊下にすとんと座り込んでいた。

そしてゆっくりと意識が……。

「え、やだ。リッカ？　しっかりしてよリッカ！」

心配するジュリエットの声に送られるように虚月館をまた一時退去した。


目を覚ます前から確信があった。

ほら、やっぱりカルデアのマイルームだ……。

身体を起こすと、マシュとホームズとモリアーティのディスカッションが止まる。

「おや、思ったより早いお目覚めだね。あれから一時間も経っていないのだが」

「えっ？　四時間ぐらいは活動していた気が……」

だが言われてみると、意識を失った時のメンバーがまだ部屋にいる。善後策を協議している間にまた自分が目覚めたということか。

困惑している自分を見て、ホームズは興味深そうな表情になる。

「こちらの現実と君の夢とでは時間の経過が異なるようだね。何にせよ、もっとデータが欲しかったところだ。さて、何があったか聞かせて欲しい」

今回の出来事は覚醒《かくせい》していた時間が短いのもあって、比較的説明しやすかった。

「……それでジュリエットさんに突き飛ばされて気絶したと？」

マシュに改めてそう訊かれると恥ずかしい。モリアーティも笑っていた。

「うむ、それは不幸だ、ついていない！　だが――はははは、はははははははは！　どうやらもっと不幸だった男がいたようじゃあないか！　痛快、まさに痛快無比の大失態だ！」

そこまで聞いて、ようやくモリアーティが笑っているのが自分ではないことに気がついた。

「なあ、そう思うだろうシェリンガム君？　おっと失礼、こちらでは名前が違ったな。ホームズ！　シャーロック・ホームズ！　まさかの一発退場とは、この私でも予測できなかったヨ！　ぶはははははははははは！」

マシュは驚いた表情を浮かべつつ、耳元にそっと語りかけてきた。

「……先輩、こんな楽しそうな教授は初めてです！」

「……うん、まるで童心に返ったようだ」

モリアーティの煽りに当のホームズがどう返すのかと思えば、

「バリツ」

とまさかの実力行使！

ホームズは得意のバリツでモリアーティを蹴り飛ばす。モリアーティは「アウチ！」と叫んで、そのまま部屋の隅まで転がっていった。

「失敬。考察中だ、静かにしてくれないか」

口ではそう言っているものの、モリアーティに笑われたのが腹にすえかねたのだろう。

「……しかしシェリンガム……探偵ともあろう者が真っ先に舞台から退場するとは、訓練が足りないな。探偵は危険に頬ずりをするような職業だ。護身用に格闘技を極めておくのは紳士の嗜《たしな》みだろうに……」

「キミの場合はいざとなったら犯人を盾にして自分だけ助かる護身術だがね」

モリアーティはしばらく腰を押さえていたが、やがてしゃんと立ち上がる。やせ我慢かもしれないが、なかなかにスマートだ。

「しかしシェリンガムが殺されたのは引っかかるな。これが他の人間ならまだ話は分かりやすいのだが」

「どういうコトですか、モリアーティ教授？」

自分の頭で考えるより先に尋ねていた。いつまた意識がフェイドアウトするか分からない以上、時間は浪費できない。

「脅迫者が今回の登場人物の中にいるとしてだね、シェリンガムの来訪は計算外のアクシデントだった」

　そしてモリアーティは疑問に快く答えてくれた。

「脅迫者……まあ、犯人と仮定しよう。犯人は虚月館で様々な準備をしていたとして、だ。そんな犯人にとって、シェリンガムの殺害はあまりいいものじゃない。なにしろ事前に何の準備もできなかったんだ。どこかに綻《ほころ》び……ミスが出る。予期せぬ来訪者を排除したいのは分かるが、初手から行うというのは教授的に感心しないヨ」

　その説明にマシュは心から感心したような表情でうんうん肯いていた。

「……なるほど。犯人の心情的に、この殺人はできれば避けたかった殺人……つまりホームズさん殺しは突発的なものだったと？」

「シェリンガム。シェリンガムだよ、ミス・キリエライト」

　ホームズは心外そうな顔で訂正する。そんなライバルの様子を愉快そうに眺めて、モリアーティは説明を再開した。

「ああ。犯人目線で言えば、余計な殺人などやっている余裕はないだろう。一人でも死人が出れば生存者は警戒態勢になる。そうなれば本命を殺せる可能性が下がってしまう。復《ふく》讐《しゅう》、私《し》怨《えん》に絡まない事件であれば、初手に行う殺人は本命であるべきだ。だがシェリンガム氏の殺人は本命ではない。なにしろ二つの家とは無関係だからね。だからこれは犯人にとっても苦渋の選択だったろう」

「あの、モリアーティさんはシェリンガムさんが何故殺されたとお考えですか？」

マシュの質問にモリアーティはきょとんとした表情を浮かべる。

「そりゃ言うまでもないさレディ！　どうしようもなく邪魔だったからに決まってる！　気持ちは分かるとも！　あんな顔の探偵が我が物顔でやってきたら私だって棺桶を叩きつけるサ！　犯人が計画した脅迫の手順を妨害される危険性。そして、すべてを終えたあとに謎を解かれる可能性。探偵というヤツは犯人にとっては百害あって一利なし、計画を始める前に消しておくにかぎるさ」

「そんな……」

「遺憾《いかん》ながら私も同意見だ。そして探偵を真っ先に殺害したことで、虚月館に潜む脅迫者が〝計画的な〟犯罪者であることも明白になってしまった。そういえば君が眠っている間に少し進展があったよ」

ホームズは近くにあったホワイトボードをコンコンと叩いた。

「マーブル商会は見つからなかったが、ゴールディ・カンパニーとヴァイオレット・インクという名前の企業を見つけた。この二社はアメリカのとある都市に根を張り、長いこと地元で利権を争っているらしい。会社の代表はそれぞれアーロン・ゴールディとアダムスカ・ヴァイオレット。完全に一致している」

「ただし、二人の家族の情報までは得られませんでした……」

申し訳なさそうな表情でマシュが付け足す。そんなマシュをモリアーティがフォローする。

「反社会的な組織の長にとって近親者の情報は弱味になりえるからね。可能なかぎり隠蔽《いんぺい》するだろう」

「……本当に〝いま起こっている〟出来事なんですね。過去や未来、特異点の話でなく」

「ああ。彼らについてはまだ鋭意調査中だ。次に目覚める時までに詳細を手に入れよう」

「世界一の顧問探偵が聞いて呆れるネ。管制室の端末を私に預けてくれれば一瞬なんだがねぇ」

「ははは。泥棒にマスターキーを預けるほど酩酊《めいてい》してはいないとも。まあ、かくいう私も管制室のメインフレームには立ち入れないがね。あれこそ正真正銘のブラックボックスだ。セラフィックスの所長権限をコピーしても入れなかった」

さりげなくとんでもないことを口にしている気がするが……。

そう思った途端、また眠気に襲われた。まだ我慢できるレベルだが、タイムアップはそう遠くないようだ。

「お二人とも！　先輩のお目々がおねむの兆しです……！」

「おっと、余計なお喋りが過ぎたようだ。だが実のところ、シェリンガム氏が誰と会っていたか……これはもう明らかだ。だから少しだけ眠気を我慢して聞いてくれたまえ」

そう言われてしまえばまだ眠るわけにはいかない。この情報を持ち帰ることができれば、あちらできっと役に立つ筈だ。

「シェリンガムさんと会っていた相手が明らか……それは一体どういうことでしょうか？」

「文字通りの意味だとも。左利きの人間が誰もいなかったことからシェリンガムが会っていた相手の正体を導き出せる」

「でも、利き手はその気になれば偽れなくもないと思いますが……」

「初対面ならともかく、利き手というのは長く一緒にいる人間相手に誤魔化しきれるものではないよ。今回の登場人物たちはシェリンガムを除けば、いずれかのコミュニティに属している。そして一堂に会しての食事があったのだろう？　左利きの人間が右利きと偽れば誰かが指摘する。それがなかった時点で、左利きの人間はいない、と推論できる」

　モリアーティが意地悪そうな笑みを浮かべて口を挟む。

「重箱の隅をつつくような真似をしてすまないが、誰かが両利きを隠している可能性までは否定できないね？」

　だが、ホームズはまったく動じない。

「同じことさ、教授。両利きを隠せるということは右手も普通に使えるわけだ。クリスの話によればシェリンガムは相手のために左利き用のティーカップを所望したようだが、普通に右手も使える人間にそんな配慮が必要だろうか？　反論があるなら受け付けるが」

「む。ケチをつけたつもりが推理を補強してしまったか。だがまあ、私も同じ意見だ。続けていいよ」

「うん。まあ、重箱の隅、というのであれば……リッカがシェリンガムの密会相手という可能性も残されていなくもないが……」

「先輩が犯人？」

口を開くのも億劫《おっくう》なほど眠かったが、流石にこれぐらいは否定する。

「まさか！　とっくに寝てました！」

お陰で少しだけ目が覚めた。ホームズはそんな自分の様子を楽しそうに見ている。

「ははは。そんなに必死に否定されると私も困るな。大丈夫、その可能性はとても低い。その身体の本来の持ち主はともかく、君からの報告ではそんな時間はなかったからね」

「では、完全な第三者の存在……まだ姿を現していない登場人物Xがどこかに潜んでいるということでしょうか？」

マシュが不安な面持ちで尋ねる。きっと自分のことを心配してくれているのだろう。

「必要以上にややこしく考えなくていいんだよ。オッカムの剃刀《かみそり》さ。シンプルに考えたまえ。わざわざ左手を使う理由のある人物がいるじゃないか……利き手の右を痛めていた男が」

あ……そうだ！

「モーリスさん！」

頭に浮かんだその名前をマシュが代わりに言ってくれた。本当に可愛い後輩だ。

「おそらくシェリンガムはモーリスが右手を痛めているのを見て気遣ったのだろう。それで左利き用のカップを頼んだ」

「でもどうしてシェリンガムさんはモーリスさんとの密会をクリスさんに隠すような真似をしたのでしょうか？」

「いま会っている相手をクリスに知られたくなくて教えなかったんじゃない。逆なんだよ。シェリンガムはモーリスに、運んできた人間が誰か教えたくなかったんだ。何故ならクリスは彼に怪我をさせた張本人だからね。声が耳に届いただけでも機嫌を損ねる可能性が高い。相手がナーバスになれば本来引き出せた筈の情報も引き出せなくなる。まあ、探偵として当然の措置さ」

そう言われてみるとそんな気がしてくる。いっそのことホームズがあちらに来てくれれば話が早いのに。

「ですが、モーリスさんはシェリンガムさんと会っていたことを話していませんでしたよね……」

「これまでの話から、モーリスの性格は疑い深く、また短絡的なのは分かっている。自分と会っていた相手が死んでいたと分かれば、モーリスは隠すだろうね。言うだけ疑われ損だ。モーリス自身、自分が〝批難されやすい〟人間だと自覚しているだろうし」

うっ、そろそろ限界……。

「なんだかレムレムする……」

「先輩!?」

まぶたは完全に落ちたが、腕にマシュの手の温もりを感じる。

「おっと、ここまでか。しかし最低限の説明はできた。以上のことを踏まえて〝そちら〟の事件に臨んでほしい。君はその〝誰か〟の搭乗者だ。君自身に決定的な行動はできずとも、観察することはできる。それを忘れないように」

「情報収集は探偵の基本、ですね！」

そして意識を失う間際、耳元に優しい吐息を感じた。

「先輩……もう夢の中とは思いますが、どうか気を引き締めてください！」


意識を取り戻すと、そこは廊下の隅だった。

見覚えがある……そうだ、ジュリエットに突き飛ばされた場所からそんなに離れていない。意識を失ってからすぐに目を覚ましたということか。

身体を起こすと、近くにいたホーソーンとジュリエットが駆け寄って来た。二人とも心なしかホッとした表情だ。

「ああ、良かった。まさかジュリエットに突き飛ばされて気絶するとはね」

「ごめんなさい、リッカ。私、ケインと同じようなコトしちゃった……」

「おや、私の出番はありませんでしたね」

そう言ったのはクリスだった。察するに、自分はこれから部屋のベッドまで運ばれるところだったようだ。

「うん、突然呼びつけてごめんなさい」

「それとも念のため、お部屋までお連れしましょうか？」

慌てて首を横に振る。おんぶにせよ、お姫様抱っこにせよ、意識がある状態でされたいものではない。

「遠慮は無用ですよ。私はこのためにいるのですから。さあ、お気遣いなく」

このままでは部屋に連れていかれてしまう……いや、その前にまずモーリスの件を伝えなければ。

だが口を開くことはできない。悩んだ挙句、このままでは身振り手振りで伝えるしかないと思い、まず筆記用具を求めるジェスチャーをした。だが三人ともキョトンとした表情でこちらを見ている。

一回や二回、通じないくらいで諦めてたまるか。

果敢に挑戦を繰り返す。だが、やがてジュリエットは堪《こら》え切れない様子で笑い始めた。

「ふふっ、何それ。私を笑わせる気？」

「リッカ君、もしかして何か閃いたのかい？　ああ、それで筆記用具が欲しいと……」

泣きそうになりながらも、ホーソーンからの助け舟に盛大に肯いた。

「なるほど、それはモーリスかもしれないわね」

紙と身振り手振りによる説明で、ようやくホームズの推理を伝えることができた。端《はた》から見たら間抜けな姿だったろうが、背に腹はかえられない。

「確かにモーリス君は右手を痛めていたようだった。強がって手当を受けなかったせいで悪化したのかも」

「私が上手く手加減できなかったばっかりに……」

クリスは心を痛めているようだった。モーリスに怪我を負わせてしまったことを後悔しているのか、それとも自分の腕の未熟さを嘆いているのか……。

「いや、怪我の功名じゃない？　お陰で相手がモーリスだって分かったんだから」

「なあクリス、そういやモーリスさん見なかった？」

「きゃ」

突然、伍《ウー》が姿を現した。だが足音も気配もなく出てきたものだから、ジュリエットが驚いてしまった。

「おっと、失敬。でクリス、どうよ？」

「いえ……実は我々も探そうと思っていたところなのですが」

「そうか。俺も館内は散々探したんだがな……」

今度はアンが姿を現した。部下二人が顔を突き合わせて悩んでいるのを察知したのだろうか。

「おまえたち、どうした？」

「姐さん、実はかくかくしかじか……」

伍《ウー》の説明を聞いて、アンは肯く。

「そうか……時間差でモーリスさんが戻っている可能性もあるな。館内は私が引き受けよう。おまえたちは外を頼む」

「了解！」

伍《ウー》とクリスは声を合わせると、玄関を目指して歩き始めた。そんな二人の背を慌てて追いながらジュリエットはこう言った。

「私たちも手伝うわ。行きましょ、リッカ」

伍《ウー》たちの後をついて辿り着いたのは……ほぼ森のような場所だった。虚月館の裏手にこんな鬱蒼《うっそう》とした場所があるとはまったく気がつかなかった。

「……長らく手入れしてないもんだからちょっとしたジャングルだな」

ちょっとしたで済まされるような生い茂り方ではない。突然、ジャガーマンの一人や二人出てきたっておかしくない。

「緑の闇、といったところかしら。姿を隠すには格好の場所ね」

「いや、そいつはどうでしょう……」

突然茂みが揺れたかと思うと、獣たちが飛び出してきた。見たところ野生のオオカミの群れだ。うなり声を上げてこちらを威嚇《いかく》しつつ、ゆっくりと囲んでくる。

「この辺にゃ、こういうのが潜んでるわけですよ。追っ払うぞ、クリス」

「はい！」

そこからの伍《ウー》とクリスの戦いぶりは見事だった。カルデアにも武術家のサーヴァントはそれなりにいるが、彼らの体術も決して見劣りするようなものではない。非戦闘員の二人を守りつつ、オオカミたちの戦力を確実に削いでいく。

「はぁっ！」

クリスの足払いでひっくり返されたオオカミが地面に背中を強《したた》かに打ちつける。オオカミはすぐに体勢を立て直すが、クリスに対して怯え始めているのが見て取れた。

「すごい……オオカミを子犬扱いしてる」

「オオカミなんざ狩っても美味くないんだ。適当に追っ払うぐらいでいいんだぞ」

そう言いながら、伍《ウー》はオオカミの前で蹴り足をピタリと止めてみせた。蹴り抜いたとばかり思ったのに、なんという精妙なコントロールだ。

「次は鼻っ面を蹴飛ばすからな」

伍《ウー》の言葉が通じた筈もないが、戦意を喪失したオオカミたちは文字通り尻尾を巻いて退散していった。彼我の実力差を感じ取り、強者の前から逃げるのも生き抜くために必要なスキルなのだろう。

「こちらは片付きました」

「こっちも済んだ。けど、肝心のお坊ちゃんは出てこないな」

二人はしばらく草木を掻《か》きわけて、モーリスを探していた。だが収穫はなく、やがて諦めた。

「出てくるのは野生動物ばかり……どうやら、ここにはいないようですね」

「隠れるにはもってこいの場所ではあるんだけどな。ただ俺クラスのプロならともかく、ここに潜伏するのは、都会暮らしのお坊ちゃんでは無理だ。オオカミや他の野獣に骨にされちまうのがオチだぜ」

「ちょっと！　怖いこと言わないでよ」

ジュリエットは腕を掻き抱く。野獣の餌《えさ》になるところを想像してしまったのだろうか。

「大丈夫ですよ、ジュリエット様。今のところそれらしい痕跡もありませんしね」

「ここにいねえとなるとあとは海だが……まあ、無理だな。海流も速いし、素人が本土まで泳ぎきれる距離でもねえ。無駄足だったな。戻るとしよう」

伍《ウー》の見立てはおそらく正しいのだろう。みな納得した上で、引き上げることにした。


捜索者たちが姿を消すと、草むらの中から一つの人影が這い出す。

「……行ったか」

その男は誰に聞かせるわけでもなくつぶやいた。どうせこの場にはオオカミぐらいしか聞くものはいないのだから問題ないということだろうか。

「しかし、ここに目をつけるというのは大したものだ。あの伍《ウー》という男、色々な意味で玄人のようだな」

男はそう言うと、伍《ウー》たちが去った方向とは反対方向の茂みを掻き進み、そのまままた緑の中に消えていった。


館に戻った捜索隊を出迎えたのはハリエットだった。

「あら、お帰りジェリエット。どうだった？」

「収穫なし。それらしい痕跡も見つからなかった」

「どうでもいいけど、頭に葉っぱついてるわよ。後でお風呂でも入って来なさい」

「え、そう？」

ハリエットにそう言われて、ジュリエットは自分の髪の毛を気にしていたが、それはグラスが卓に叩きつけられる耳障りな音によって中断させられた。見れば泥酔の数歩手前のアーロンがこちらを睨んでいた。

「ええい、モーリスはまだ見つからないのか！」

その言葉は主にマーブル商会の人間たちに向けられたものだろうが、先ほどまで捜索に参加していた者としてはどうにも居心地が悪い。

「あなた、飲み過ぎよ……」

ドロシーは心配そうな表情でアーロンの腕に手を置く。

「黙れ。これが飲まずにいられるか。モーリスが行方不明など……」

どうやってアーロンをなだめようか思案している様子の部下たちを見かねたのか、アンガが口を挟んだ。

「我々はまず皆様の安全を守らなければなりませんので。モーリス様の捜索に割ける労力にも限度があります」

「モーリスの命以上に優先すべきことがあるか!?　あいつは私の後継者だぞ」

アーロンは荒れながらもまた新たな一杯をグラスに注ごうとする。そんなアーロンの袖をローリーが引っ張った。

「ねえねえ、パパ。どうしてお兄ちゃんいなくなったの?」

「ローリー、静かにしてなさい!」

ドロシーが慌ててローリーを抱き、アーロンから引き剝《は》がす。アーロンがローリーに手を上げたりはしないにせよ、アーロンを刺激するのはまずいと判断したのだろう。

だがローリーの口をつぐませることはできなかった。

「もしかして探偵さんを殺しちゃったから?」

一瞬、場に緊張が走った。アーロンはグラスを置き、ローリーの顔をまじまじと眺めている。

「ローリー、そういうこと言うのはよしましょうね」

ドロシーがあやすような口調でたしなめる。だがローリーは不満そうに膨れる。

「でも見たんだもん。昨日の夜、お兄ちゃんが探偵さんの部屋から出てくるの」

「ローリー、今のは嘘よね? あなたは私と一緒に寝てたでしょう?」

それはローリーに尋ねているというよりは、この場の人間に何も後ろめたい事情がないことをアピールしているらしかった。だがローリーに母親の気持ちは伝わらなかったようだ。

「夜に目が覚めて、お部屋をこっそり抜け出したの。その時に見たの。嘘じゃないよ」

ここまで言い張られては子供の言うことでも真実に聞こえてくる。これまではアーロンに気を遣っていた筈のアダムスカさえ疑惑の視線を向けていた。

「こ、こんな子供の言うことを信じるのか？」

「アーロンさん、我々だって信じたくはない。信じたくはないが……損得勘定から遠いところにいる子供だからこそ、真実を言っているとは思えないだろうか？」

「だからと言ってモーリスがシェリンガム氏を殺したことにはならない！」

アーロンは声を荒らげてテーブルを強く叩く。

「あなた、少し頭を冷やして」

そんな妻の言葉でクールダウンした様子のアーロンは、自分の醜態を恥じるようにかぶりを振った。

「……私としたことが冷静さを欠いたようだ。お見苦しい姿を見せて申し訳なかった」

「いえ、こちらこそ不躾なことを」

「まだモーリスが殺人者になったと決まったわけではない。が、このままモーリスが姿を現さない可能性は充分ある。そうなればゴールディ家の先行きも怪しくなり、何より此度《こたび》の縁談も立ち消えになってしまう」

「それは我々としても絶対に避けたいのですが……」

「だから私から一つ、秘密の告白をしよう。これは妻のドロシーでさえ知らないことだ」

ドロシーは大きな目を更に見開いた。流石にこの反応は演技ではないと思う。

「あなた、何を？」

「できれば自分の胸に一生秘めておこうと思ったのだが……そこにいるクリスは私の実の子だ」

「えっ？」

「アーロン様⁉」

ドロシーとクリスがほぼ同時に驚愕《きょうがく》の表情を浮かべる。

「クリス……その反応を見るに、商会では何も知らされていなかったようだな」

アンはそんなクリスを黙って眺めていた。どうやら何らかの事情を知っているらしいが、それをこの場で口にする気はなさそうだった。

「昔は私も若かった。結婚後いくらか大人しくはなったが、それでも特別にピンと来た女性とは夜を共にしていた。そうやって誕生したのがおまえだ、クリスよ。ただ、当時はもう前の妻と結婚しており、モーリスも生まれていた。立場上、おまえを引き取るわけにはいかなかったのだ。それでおまえをマーブル商会に頼むことになった。勿論、養育費分の付け届けと一緒にな」

「……そうだったのですか」

おそらくは、長らく身寄りなんていないものと思っていたのだろう。突然現れた父親に戸惑っているように見える。

「私にとってもモーリスは可愛い長男だ。その思いに変わりはない。だが私はゴールディ家の当主として、家の存続のためにできることは何でもする」

「まさかとは思いますが……ウチのクリスを差し出せって言ってるんですかね？」

不愉快さを隠そうともせずに伍《ウー》が尋ねる。

「おお、そうとも！　シェリンガム氏を死なせ、モーリスの逃亡を許したのは、マーブル商会の失態ではないのか？　この状況に責任がないとは言わせないぞ！」

「そちらの言い分はもっともです。幸いなことにクリスは見習いの身、商会を抜けても痛手ではありません」

「はあ？」

アンの返答は完全に伍《ウー》の予想外だったようだ。

「見習いったって仕込むまで相当……つーか姐さん、あんただってクリスのことは可愛がって……」

「余計な口を叩くな！」

アンの一喝に伍《ウー》は何事か反論しようとしたが、かろうじて呑み込んだようだ。

「……あー、覆らないんですね。分かりやしたよ」

伍《ウー》はどこか冷めた口調でそう言うとクリスの肩を優しく叩く。

「良かったじゃねえか、クリス。これでいずれはゴールディ家の大旦那だ」

しかしクリスは浮かない表情だ。いきなりトレードのような真似をされては誰だって心の整理がつかない。だが、アーロンはクリスの気持ちを無視して話を進めようとする。

「無論、クリスが抜ける分の補償はする。マーブル商会とは今後も良好な関係でいたいからな」

「承知しました。それでは現時点をもってクリスを我が商会から……」

「お待ち下さい、アン様！」

それはもう叫びに近かった。

「こんなことを言える立場ではないことは分かっていますが、今のお役目だけはやり遂げさせて下さい。それがこのクリスの、商会への最後のご奉公です」

アンはしばらくクリスを眺めていたが、やがて諦めたようにこう言った。

「よかろう。ではこの島を去るまではあくまでマーブル商会の人間として扱おう」

アンの宣言にクリスは安堵の表情を浮かべた。だが対照的にアーロンの顔は苦々しい。

「私の後継者だと公言したクリスに使用人のような働きなど……」

アンが冷たい瞳でアーロンを一瞥する。言葉にこそしていないが、これ以上のクレームは全てはねつけるという気持ちは伝わってきた。

「……いや、よそう。ケジメの問題らしい。最後になるのだ、大目に見てやろう」

「ありがとうございます」

クリスはアンに深々と頭を下げる。

「それと……長らくお世話になりました。アン様から受けた恩義は一生忘れません」

だがアンは何も言わず、ただクリスを眺めていた。長年可愛がっていた部下を手放すアンの内心は想像するしかないが、一抹の寂しさぐらいは感じているのではなかろうか。

ホーソーンが突然、頓狂《とんきょう》な声をあげる。

「待てよ。クリス君がゴールディ家に入るということはそれはつまり……」

「ああ、ジュリエット嬢の婚約相手はクリスになるということだ。これで我々の目的は達成される」

アーロンはすっかり落ち着きを取り戻した様子で言う。だが、ジュリエットは突然のことに言葉を失っているようだった
「え……」

「何を戸惑ってるの？　いいお話じゃない。素直に喜びなさい」

エヴァが笑いながらジュリエットを励ます。そして他ならぬクリスもジュリエットに深々と頭を下げ、挨拶に来た。

「ジュリエット様、至らないところがあるとは思いますがどうかよろしくお願いします」

「あ……うん。そうね」

しかしジュリエットの歯切れは悪い。

「卑屈だな、クリスよ。もう他人の顔色を窺わなくていいのだぞ？　これからはゴールディ家を……いや、ヴァイオレット家共々継ぐのだからな！　ハッハッハッハッ！」

めでたい話の筈なのに、アーロンの高笑いが何だかひどく耳障りに感じた。


その夜のディナーは縁談がまとまったせいか、昨夜よりも豪勢だった。

「素材もいいが、シェフの腕もいい。美味しすぎるのがネックだがね。ううむ、いささか食べ過ぎた。胃薬を飲まないと」

そう言ってホーソーンはポケットをまさぐる。

「はあ……」

「ため息なんてついて……君も胃薬を飲むかい？」

「いい。そういうのじゃないから」

ジュリエットの返事はつれなかったが、ホーソーンは何かを得心したような様子でこんなことを言った。

「ああ、クリス君のことで胸が一杯だったのか。しかしいい相手じゃないか。なあ、リッカ君？」

思わず肯いてからジュリエットの様子を窺うと、その表情がみるみる険しくなっていった。

「……何が？」

今やはっきりとジュリエットの心の地雷を踏み抜いたという自覚はあった。いや、仕掛けたのはホーソーンだが……。

「さっきからみんなニヤニヤして……バッカじゃないの？」

そう吐き捨てるとジュリエットは突然歩調を速める。おそらくはついてくるなという意思表示だろう。

「ジュリエット、どこに行くのかね？」

「自分の部屋。じゃあ、おやすみ！」

ジュリエットはそう言うと足早に去って行った。

「やれやれ、乙女心は難しい」

いや、今のは流石にあなたが悪いと思いますが。

「うん、君が何を言いたいのかは分かるよ。確実に私が悪いね。今から謝ってくるよ。ドア越しでもこういうのは早い方がいいからね」

そしてホーソーンはジュリエットを追うように走っていってしまった。

自分の部屋に戻るか……今日も早いこと眠って、カルデアに戻りたい。

そう思って自分の部屋に向かおうとすると、少し離れた場所でハリエットがこちらを見ていることに気がついてしまった。

「あら、リッカ君」

声をかけられてしまった以上、もう無視はできなそうだな。というか、これで無視したらジュリエットのポイントも下がる。

ハリエットにどう接したらいいのか分からないまま、ひとまず彼女の前まで歩く。

「ふふ、今の聞いてたわよ？　あれはボーイフレンド落第ねえ」

慌てて首を横に振る。ハリエットはとんでもない誤解をしているようだ。

「そんな必死に否定しなくてもいいじゃない。ジュリエットが悲しむわよ。それに、あなたがどう思ってるかは関係ないの。これはジュリエットの気持ちの問題」

どうリアクションしていいのか分からなくて、とりあえず肯いてみる。

「そりゃ、クリスは素敵な旦那様になると思うけど。ジュリエットだってそれは分かってる。だけどね、そんな単純な話じゃないのよねえ……まあ、あなたのそういうところがジュリエットの琴線に触れたのかもね」

この虚月館に招かれて以来、ジュリエットとはただの友達として距離を保つようにはしていた。しかしそれが彼女の本意ではないとしたら……先程の出来事といい、色々とまずいことをしてしまったかもしれない。

「あの子にほとんど友達がいないの、知ってる？　っていうかね、友達はもうあなただけなの」

驚きのあまりつい目を見開いてしまった。ジュリエットほどの美人に友達が他にいないなんて考えられない。

「あなたも覚えがあるんじゃないかしら。大学で変な連中から脅かされなかった？『名家であろうとヴァイオレット家はよくない噂《うわさ》がつきまとう一族だ。そんな家の娘と一緒にいればおまえの将来まで食いつぶされるぞ』って。まあ、ゴールディ家側の人間の仕業なんだろうけど、ずいぶんとつまらないことするわよね」

なんということだ。だけどモーリスのように荒っぽく品のない連中に脅かされたら、一般人なら流石にジュリエットとは距離を置くだろう。

「ええ、よくない噂がすべてデマカセとは言わないわ。一つの地域を牛耳るってことはそういうことだから。色々な人間の血と涙……あと、ちょっとの屍《しかばね》で今の私たちの暮らしは成り立っているの。私たちにとってはそれが普通で当たり前だけど、ジュリエットのお友達はそうじゃなかったみたい。だからお金持ちの家に生まれた美人のお嬢様だと思ってなんとなく近づいてきた人たちはみんな逃げちゃったの。勿論、ジュリエットだって家のことは分かってたから友達と思っていた人たちが離れていったのも我慢できた。けど我慢できるのと平気なのは違うでしょ。あの子はとっても傷ついたの。一人で泣くぐらいね。でもだからこそ……あの嫌がらせで離れていかなかった、あなたの存在に救われてるのよ」

してみるとリッカ・フジマールは変わり者か、肝が据《す》わっているのかもしれない。

「そういう意味であなたはジュリエットの特別なの。あなたさえ良ければこれからも一緒にいてあげてね」

曖昧に肯いた。きっとリッカもこうしたとは思うが、自分なんかがリッカの気持ちを代弁していいのかという迷いはあった。

「じゃあ、おやすみなさい。素敵なボーイフレンドさん」

ハリエットと別れると、これ以上別の人間と出会う前に自室に戻り、すぐにベッドに潜り込んだ。


館の一室、真っ暗な部屋でその人物は膝を抱えていた。

(子供はいいな……遊んでても怒られないし)

暗闇で息を潜めながらその人物はそんなことを思う。

(何よりいいのが……誰も警戒しないこと)

突然、ノックの音がした。その人物は来訪者に備える。

(誰か来た……)

突然、明かりがついた。するとドロシーが呆れた表情で叫ぶ。

「まあ、ローリー。またベッドから抜け出したと思ったら、こんな真っ暗な部屋に隠れて

「……おまけにケインまで！」

部屋の隅で膝を抱えていたローリーとケインは顔を見合わせる。

「あ、ママだ。見つかっちゃったね、お兄ちゃん」

「見つかってしまいましたナー」

ローリーはすぐに立ち上がってドロシーの前に駆け寄る。ご機嫌取りをしようとするローリーをドロシーは抱きしめる。

「もう。目を覚ましたら姿が見えなくて心配したんだから。かくれんぼするならママに言いなさいね」

「だってママ、すぐに寝かせようとするんだもん。まだ遊んでたいのに」

「見つかった以上、ゲームは終わりですぞー？　続きはまた明日にー」

そんな風にローリーに調子を合わせるケインにドロシーは優しい眼差しを向ける。

「……ありがとうケイン。モーリスはこんな風に遊んでくれなかったから。ローリーったら新しいお兄ちゃんができたと思って懐いてるのね」

「うふふふ。僕ぐらいでお兄ちゃんになれるなら良かったなー。うち《ヴァイオレット》だとジュリエットもハリエットも妙にオトナぶってるというか、ね？」

ドロシーはこの少年のことが嫌いではなかった。

「そうね。さ、もうおやすみの時間よ。またベッドに戻りましょうね」

「はーい」

「じゃあ僕も部屋に帰って寝ますぞー。明かりを消して。明かりを消して」

電気が消えた部屋を出て、その人物は密かにこう思う。

(やっぱり子供はいいな。誰も疑わないから)


「なんと、ジュリエットさんがクリスさんと！」

カルデアに戻ってまた一連の出来事を説明していると、マシュはいつにもまして目を輝かせた。

「品のない男性と結婚させられそうだったヒロインが一転して非の打ち所のない王子様と結ばれる……まあ、ハッピーエンドではあるが、お話としてはいささか捻《ひね》りが足りないような気がするね」

などと、ホームズはまるで評論家のようなことを言う。

「わたしはとても素敵な展開だと感じましたが……ジュリエットさんを応援したい気持ちでいっぱいです！」

そこまで言ってマシュは不意に悲しい表情を覗かせる。ジュリエットを取り巻く状況について思い出したようだ。

「でも……そう言っていられる状況ではないのですよね……殺されてしまったシェリンガム氏、そして行方の知れないモーリスさん……」

「現時点でモーリスの行方について議論をしても不毛だ。それよりもっと重要な話題があるだろう」

「ゴールディ家の新たな後継者の出現だね。そして脅迫者にとっては新たなターゲットでもあるかもしれない」

モリアーティがそう口を挟む。それでマシュは悲痛とも言っていい表情を見せた。

「あっ……クリスさんも命を狙われてしまうんですか？」

マシュのそんな疑問にホームズが答えてくれる。

「脅迫者の目的が両家の接近を阻止することにあるなら、モーリスの失踪《しっそう》に脅迫者が関与している可能性は高い。だが、そうだとするとクリスの存在は脅迫者にとって完全に想定外だ。再び実力行使に及ぶかもしれない」

「またも想定外、か。飛び入りの探偵に、唐突に明かされた隠し子とは、つくづく運のない犯人だ。せっかくゴールディ家の次期当主を排除したのに、新しい当主候補が出てくるなんて」

「特に何かを仕掛けるなら夜は絶好のチャンスだ。脅迫者が本気ならこの機会を逃さないだろうね。狙われるのはクリスか、あるいはジュリエットということになるかな」

ジュリエットが殺される？　今すぐ向こうに行って阻止しないと！

いくら事件が解決できたとしても、失われた命までは戻らない。

ジュリエットが生きてない世界なんてなんの価値がある？　とリッカ・フジマールなら思うに違いない。

そう思った途端に堪らなくなって、今すぐ虚月館に戻りたくなった。しかしこれまで散々寝ているため、今すぐ眠れるようなコンディションでもない。

眠って意識を断つのを諦め、仕方なく手近な壁に頭を打ちつけることにした。気絶さえすれば今すぐ向こうに行ける筈だ。

「先輩、危ないです！」

「落ち着きたまえ。こちらで気を失ったからといって早く目覚めるとはかぎらないだろう」
二、三度頭をぶつけたところでホームズから正論を吐かれた。だが確かにそうだ。だったらこんなところで怪我をしてはつまらない。
「それより君は覚悟を済ませるべきだ。どんな惨劇が待っていても冷静に捜査ができるようにね。まあ、私の杞憂《きゆう》で済めばいいのだが……」

それからしばらく、まんじりともせずにマイルームの天井を眺めて過ごしていたが、気がついた時にはまた意識がブラックアウトしていた。

第三章 三日目

The Kogetsukan murders *day3*

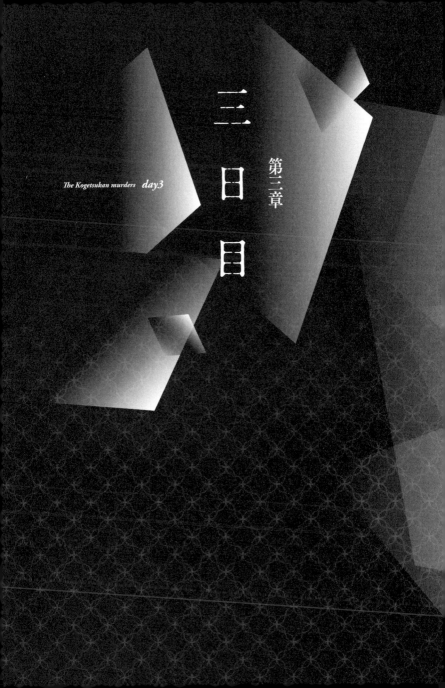

カーテンの隙間から差す朝日の眩しさで目が覚めてしまった。しぶしぶ目を開けると例によって虚月館の自分の部屋だった。

カーテンをきっちり閉め直して二度寝しようと思ったが、すぐに本当の目的を思い出してベッドから跳ね起きる。そしてどうにか着替えると、廊下に出てジュリエットの部屋を目指した。

ジュリエット、無事でいてくれ……。

ジュリエットの部屋には当然のように鍵がかかっていた。密室殺人でも行われていない限りはジュリエットは無事と見て良いのかもしれない。

いや、この目で確かめるまでは絶対に寝ないぞ。

そう思いながら何度もしつこくノックを繰り返していたら、五分してようやくジュリエットが出てきた。

「ちょっと。こんな早朝から何よう？　私、気持ち良く寝てたんだけど……」

そう言うジュリエットには化粧《けしょう》っ気がなかった。まだ寝ぼけているようだし、寝ていたというのも本当だろう。

「とにかく、早く中に入って。スッピンなんかクリスや伍《ウー》さんには見せたくないし……というか、あなたも顔ぐらい洗ってから来なさいよね」

そんなことを言いながらジュリエットは部屋の中に招き入れてくれた。

それから三十分ほどかけて、ホームズとモリアーティから得た情報や推理をどうにかジュリエットに説明しきった。ジュリエットはメイクをしたり着替えたりしながらこちらの話を聞いていたが、やがて内容を咀嚼《そしゃく》できたのか、ようやく口を開いた。

「そう、この婚約を壊したい犯人がいると考えたのね。でもそれはありえないと思うの。だって両家が手を結べなかったら、待っているのは抗争による共倒れか外部勢力による各個撃破……ここにいる両家の人間はそれぐらい分かってる筈よ。あのモーリスですら納得してたぐらいなんだし」

改めてジュリエットにそう言われてしまうとそんな気もしてくる。

「少なくとも私はこれ以上殺人は起きないと思ってる。だって理由がないのだもの」

どうやら二度寝でもしていた方がマシだったのかもしれない。

「ああ、でも安心するのはまだちょっと早いわね。せめてクリスの無事も確認しないと。行きましょう」

いつの間にやらジュリエットは部屋の外に出られる格好になっていた。

クリスの部屋へ向かう途中、伍《ウー》とすれ違った。時刻はまだ6時半、どうやら伍《ウー》はこれから朝食の準備をするところらしい。

「おや、お二人さん。こんな朝早くにどちらへ？」

「……ちょっとクリスの部屋に」

流石にジュリエットも「クリスが殺されているかもしれないから」とは言えなかったようだ。

「こんな素敵なお嬢様に優しく起こして貰えるなんてあいつも果報者だな」

そう言って伍《ウー》は笑う。こちらを特に訝しんでいる様子はない。

「そういうことなら丁度良かった。俺もあいつの顔を見たかったんですよ。仕事を手伝って欲しかったんですが、気持ちよく寝ているところを叩き起こすのが忍びなくてね。何せ、じきに大事な取引先になるわけだし」

「そういうことなら一緒に起こしましょう」

そんなわけでジュリエットと伍《ウー》と三人でクリスを起こしに行くことになった。

まあ最悪の場合、クリスが殺されているばかりか、室内に犯人が潜伏している可能性もあるわけで、そういう意味では伍《ウー》の同行はありがたい。

やがてクリスの部屋の前に辿り着いた。

「確かこの部屋だったわね？　クリス、おはよう。起きてる？」

ジュリエットがそう呼びかけながらドアをノックする。だが返事はない。

「クリス、寝起きが悪いのかしら」

「そんなことはない筈ですがね。不審な物音がしたら目を覚ますよう、訓練受けてますし」

「だったらどうして……」

そう言いながらジュリエットはドアノブに手をかけた。別に施錠されていないとは期待していなかっただろうが、ドアノブは抵抗無く回った。

「あれ、鍵が開いてる？」

蝶番《ちょうつがい》が微《かす》かに軋む音と共にドアが開かれる。だがそこにはシェリンガムの時と同様、部屋の中央付近に横たわるクリスの姿が。

「え、クリス……そんな……嘘でしょ？」

ショックで部屋に入れないでいるジュリエットを尻目に、伍《ウー》は入室し倒れているクリスの身体を改める。

「……駄目だ。完全に事切れてる。身体も冷てえし、死んだのは夜中のてっぺんを回ったぐらいか？　でも俺一人だとここが限界だな」

伍《ウー》は怒るでも悲しむでもなく、ただ淡々とそう言ってホーソーンを呼びに行った。

「先生、どんな塩梅《あんばい》ですかい？」

伍《ウー》は一通りクリスの死体を確認し終えたばかりのホーソーンにそう尋ねる。

「ざっと検死したよ。大きな外傷は見られなかったものの、小さな傷が三点ほど見つかったね。右の手の甲を見てご覧」

ホーソーンにそう言われてクリスの手の甲を見ると、言われないと見落としてしまいそうな程の赤い点があった。

「これは針のようなものによる刺傷だ。仮にトリカブトのような毒物を使用したとすると、チクリと一刺ししただけでも身体の自由は奪われる。手の甲にあるもう一つの赤い点だが、身体の自由が利かなくなったところに駄目押ししたようだ。現時点ではまだ毒物の特定はできないが、二回刺せば充分な毒となると相当強力だね」

「私の目には二つの傷しか見えないけど？」

ジュリエットがそんな疑問を口にする。しかしクリスの死をまだ引きずっているのか、声に張りがない。

「ああ、三つ目は死因と直接は関係なさそうなのだがね。クリスの左の人指し指の先を見てくれ」

そう言われて、ジュリエットと一緒に覗き込む。

「血が出て……怪我をしてる？　これも犯人の仕業？」

「いや、どうやら自分で嚙み切ったようだ。そして床に血でメッセージを書き残している」

確かに投げ出された左手のすぐ側に文字のようなものが書かれていた。クリスの死があまりに衝撃的すぎて、遺体にしか目が行ってなかったようだ。

「これは……mor、かしら？」

「意味はさておき、私の目にもそう読めるね」

「フランス語ならmortで〝死〟なんだけど……いや、死に際にそんなことを書いても仕方ないわよね」

ふとこれまで押し黙っていた伍《ウー》の表情を窺うと、その瞳には何か剣呑《けんのん》な光が宿っていた。

「mor……まさかな」

「伍《ウー》さん？」

唐突に口を開いた伍《ウー》に対して、ジュリエットは怪訝そうに尋ねる。

「……なんでもねえ。独り言だ」

だが伍《ウー》は言葉を濁《にご》した。

「クリスだって別に素人じゃねえんだがな。戦闘態勢ならそう簡単に遅れは取らなかった筈だ」

「戦闘態勢ならば、ね。しかし例えば友好的に手を握られたらどうだろう？　握り込んだ針でチクッと刺せばそれで済む」

ホーソーンの指摘通り、現場には争った形跡はない。おそらくは不意を突かれて命を落としたのだろう。

「あの、伍《ウー》さん。こういうこと訊くのは失礼かもしれませんけど……」

ジュリエットがおずおずと尋ねる。

「なんですかい？　遠慮なくどうぞ」

「クリスが心を許していて、なおかつクリスをこれほど綺麗に殺せる手練《てだれ》となると、まずあなたが……」

とんでもない質問だ。もし図星だったらと思うと、とても怖くて尋ねられない。

だが伍《ウー》は呵呵《かか》と大笑する。

「なるほど。ちげえねえや。じゃあ、こういうのも見せてみるか」

そう言うや否や、伍《ウー》の姿は視界から掻き消えてしまった。思わず周囲を見回すと、伍《ウー》は涼しい顔で背後の壁に寄りかかっている。

何度考えても物理的法則を超越した速度で動かないと不可能なように思えた。

「まあ、原理はさておき、これぐらいのスピードが出せないと、招待客の皆々様の面倒は見られないってわけさ」

「そんなの、何でもアリじゃないの！」

「おう、何でもできるぜ。客前でこういうこと言うのはどうかと思うがね、その気になれば館内の人間を一瞬で皆殺しにできるぜ」

「ひっ」

ホーソーンまでも小さな悲鳴をあげて後ずさる。だが当の伍《ウー》はなんだか心外そうだ。

「あっ、ドン引きしないで下さいよ。殺しの稼業からはとうに足を洗ったんでさあ。でもな、これだけは言っておくぜ。俺はクリスを殺してねえよ。やるならもっと別の方法を取るさ。それこそメッセージなんか書く息も残さねえ」

そもそも捜査して欲しいと言ってきたのは伍《ウー》なのだ。

「そうね……私は伍《ウー》さんを信じるわ」

「そいつはありがとうございます」

伍《ウー》は深々と頭を下げる。だが、顔を上げた時にはクリスの死体のある一点に釘付けになっていた。頭を下げた際に何かが視界に入ったらしい。

「……おや、クリスからのメッセージがもう一つあった。見てくれよ、これ」

伍《ウー》がクリスの身体の下から引っ張り出したのは銀の懐中時計だった。かなり年季が入った品のように見える。

「結構古そうね」

「ああ。姐さんから貰ったもんさ。クリスはこいつを大事にしてたからな。毎日手入れをしていた」

「しかし11時25分を指して止まっているね。ガラスも割れているし、壊れたのかな？」

「日々の扱いを見るに都合良く壊れたとはとても思えねえ。そもそも、結構頑丈にできてる時計だ。だから、きっとクリスが自分の意志で壊したんだろうさ」

伍《ウー》が一瞬顔を顰《しか》めたのは、大事にしていた懐中時計を自分の手で壊さざるをえなかったクリスの心中を慮《おもんぱか》ってのことだろうか。

「もしかして、いつ犯人と会ったか示すために壊したとか？」

「そうだお嬢さん、まず間違いねえ」

「つまりクリスは午後11時25分の少し前にこの部屋で犯人と会っていたってこと？」

「おそらく。それに他所で殺して運んだりしたら俺が昨夜の内に気づいてる」

どうやらこの殺人に関しては各人のアリバイが重要になってくるようだ。

「アリバイか……昨夜はポーカーの卓が立ってたから、結構絞れるかもしれねえな」

「一応、君たちにも伝えておくけど、私はアーロンさんとアダムスカ、あとアンさんを交えてポーカーをやっていたよ。午後10時過ぎから午前3時前までだったろうか。小休止はあったが、誰かが長く部屋を空けたことはない」

「ありゃ、なかなかいい勝負でしたね。俺も0時まで見てましたが、珍しく姐さんも熱くなってました」

互いにアリバイを保証し合える状況なら、下手な工作はできなかったと見て間違いなさそうだ。

「その時間なら確か……私は自分の部屋に妹と一緒にいたわ。これは身内の証言だから信用できない？」

「いや、信じますよ。信じて貰ったからってわけじゃないですが、嘘を言ってるようには思えないので」

ジュリエットの証言を信じるなら、ひとまずハリエットは除外してもいいのか。こう言う以上はハリエットに尋ねても同じ答えが返ってくるだろう
「ああ、そういやリッカにもその時間帯のアリバイがあるよな。早い時間からぐっすり寝てたし」

思わず両肩を掻き抱いてしまう。まさかとは思うが、覗かれていたのだろうか。

「何を焦ってるんだよ。ポーカーやってたの、おまえの隣の部屋だからな。生活音ぐらいなら聞こうとしなくても耳に入ってくるぜ？」

生活音……寝返りならともかく、いびきや歯ぎしりだったら恥ずかしい。いや、でも今は安心するべきか。

「ま、アリバイの話は探偵役のリッカに任せる。そもそもアリバイとかそういうの、考えるの苦手でさあ」

「えっ？」

ジュリエットのそんな反応に、伍《ウー》は初めて悲しい顔を覗かせた。

「さっき何でもできるって自分で言ったけど、嘘だった。俺にはこういう謎解きはできねえんだ。俺はこんなに色々できるのに、クリスにはもう何にもしてやれねえ……なあ頼むよ、リッカ。どうにかあいつの無念を晴らしてやってくれ」

そんなことを言われては頑張るしかないではないか。

「……と、無駄話している場合じゃなかったな。皆様を集めて説明せにゃならん。応接間に集合だな」


「……というわけで、私たちがクリスの部屋を訪ねた時はもう手遅れでした」

「そんな、クリス君が……」

ジュリエットの説明にエヴァが顔を覆う。クリスの死を悲しんでいるようだが、現時点では比較的有力な容疑者候補だ。

ジュリエットやハリエットの姉妹たち、そしてポーカー組にアリバイが成立しているため、実は疑える人間があまり残っていない。

それらしい偽《にせ》のアリバイを作られる前に残りも確かめておきたいところだけど……。

「ところで、アンの姿が見えないようだが？」

「姐さんなら地下の安置所にクリスを運んでます。それだけは自分一人でやりたいと」

アーロンは深いため息を吐いた。

「そうか……ではクリスが死んだというのは本当なのだな。ゴールディ家の新しい当主が決まったばかりだったというのに……最悪のタイミングだ」

アーロンはそう言いながらドロシーを見る。

「何、その目……あなた、私を疑ってるの？　わ、私はローリーを寝かしつけてたわ。本当よ。信じて！」

それが本当ならドロシーとローリーのアリバイも成立することになる。いよいよ、容疑者が狭まってきた。あと確認しなければならないのはエヴァとケインだけだ……。

しかし、はたしてそんな単純な消去法で真相にたどり着けるのだろうか。

「奥様、落ち着いて下さい。ところでクリスの奴が死に際に mor ってメッセージを残してましてね。明らかに書きかけだったんですが、こいつは犯人の手がかりじゃないでしょうか。そういや今回の関係者に mor で始まる名前の方が一人いますよね？」

ハリエットは驚いた表情で、誰もが頭に思い浮かべたその名前を口にした。

「mor……まさか morris《モーリス》!?」

「ま、それ以外ないでしょうな」

みなの視線は自然とモーリスの父親であるアーロンに向けられる。

「……つまりは何かな？　クリスはモーリスに殺されたと？」

「あくまで可能性ですがね。もしかしたらまだ外に潜伏していたのかもしれません」

「ハハハハハハハハハハ！」

アーロンは突然、大声で笑い始めた。おまけにそれは聞く者を不安にさせるような狂笑だった。

「あの、お気に障りましたかね？」

「いやいや、朗報だよ」

モーリスはぴたりと笑い止むと、満面の笑みで答えた。だが、その行動も返答も理解ができなくてかえって怖い。

「モーリスさえ生きていてくれれば我がゴールディ家は安泰だ。どこかで聞いているか、モーリス？　出てきたら最高の弁護士をつけてやるぞ」

そんなモーリスをドロシーは心配そうな眼差しで見つめる。アーロンが相当参っているのは誰の目にも明らかだった。

「いずれにせよ、ここからは間違いがないようにマーブル商会が仕切らせて貰いますよ。無論、部屋に押し込めるような無粋な真似はしませんが命が惜しいなら、なるべくこちらの指示に従って下さい」

「ああ言っておけば客人も外を出歩こうとはしない筈だ。というわけでリッカ、館内を一人でうろついて情報を集めてきな」

解散後、ジュリエットが化粧を直しに行ったタイミングで伍《ウー》が話しかけてきた。

しかし……一人で？

その言い回しが引っかかって首を傾げてると、伍《ウー》が心を読み取ったようにフォローしてくれる。

「ああ、横にジュリエットがいたら引き出せない話もあるだろうって思ってさ。まあ、あの子のことは俺がちゃんと守ってやるから、安心して行ってこいよ」

モーリス生存説はともかく、いずれにせよエヴァからはアリバイについて訊く必要がある。その際、ジュリエットはいない方が良いだろう。

そうと決まればジュリエットが戻ってくる前に聞き込みに出かけた方がいい。

「いってらっしゃい」


当てもなく廊下を歩いていると、都合のいいことに水着姿のエヴァとばったり出会った。

だが、いくら何でもこの格好は……水着の上にパーカー類を羽織っていないのもそうだが、そもそも水着がきわどすぎる。

あまりに破廉恥《はれんち》な格好にどうしたものか迷っていると、エヴァの方から声をかけてきた。

「あら、リッカさん」

今更逃げるのも変だ。観念してぺこりと挨拶する。

「せっかくリゾートに来たのですから、ちょっと海で泳いでみたくなりまして」

こちらの視線に気がついたのか、水着の意味をそんな風に説明してくれた。

「でも伍《ウー》さんはあまりいい顔をしないでしょうね。どうしたらいいでしょう……」

それはそうだろう。いくら伍《ウー》でも虚月館と浜辺を同時に警戒するのは不可能だ。

いや、それよりはアリバイの調査だ。自分では分からないかもしれないが、カルデアでホームズたちが推理する材料を少しでも増やしておきたい。

筆談用に持ち歩いていたメモに「ところでお母様は昨夜何をされていましたか？」と書いて尋ねる。

「妙なことをお尋ねになるのですね。母は早くに休みましたよ。午後10時か11時……ごめんなさい。時間まではっきり思い出せません」

してみると、エヴァは事件の前に眠っていたということになる。ただ、このアリバイは自己申告だから何の信憑《しんぴょう》性もない。裏付けが取れるまでは保留だ。

「あ……そういえば良いことを思いつきました。みんなで海に出ればいいではありませんか。そうすれば伍《ウー》さんも一度に見張れますし」

だがこんな状況でも自分が疑われているとは微塵も思っていないらしい。天真爛漫《らんまん》な性格なのか、それとも敢えてなのか……到底判断できそうにない。

「ちょっと今から伍《ウー》さんに提案してみます。よろしければリッカさんも泳ぎましょうね」

エヴァは嬉しそうにそう言うと、豊満な身体を揺らしながらいずこかへ去って行った。

エヴァを見送り、そのまま館内をうろついていると、思わぬ二人が会話しているところに出くわした。

「……ではアダムスカさん、よろしくお願いします」

「ええ、その着地点ならこちらもありがたい。こちらこそ、どうかよろしくお願いします」

「ええ。それではまた」

ドロシーはそう言うとどこか安心した表情で去って行った。

どちらに話を訊くのが優先かを考えていたら、こちらに気がついたアダムスカが大股で近寄ってきた。

仕方ない。アダムスカに探りを入れてみるか。

「君か。ジュリエットとは良い友達のようだね。これからも頼むよ」

物腰こそ柔らかいが、微妙に敵意があるようだった。しかしアダムスカに恨まれるような心当たりはないし、何よりジュリエットと一緒の時には感じ取れなかった。二人きりになったことで本性を現したのだろうか。

とはいえ、そんなことを直接尋ねればこじれるのは分かっている。仕方なくアダムスカをじっと見つめる。するとアダムスカは狼狽した表情になった。

「……君の目には、娘を生贄《いけにえ》に捧げた情けない父親に見えているのだろうな」

曖昧な表情で首をゆっくりと横に振った。情けない父親に見えているのは事実だが、当人の前でそんなことを首肯するほど非常識ではない。

「いいさ。紛れもない事実だ。ついでに言えば当主としても情けない。臆病者なんだ」

それがアダムスカの自己認識か。

「このままではヴァイオレット家に未来はないとはっきり見えてしまったんだ。ゴールディ家と戦争になって大きな犠牲を出すか、戦争を回避したところでいずれは強大な外敵に潰される。だからゴールディ家と手を結ぶのが唯一の選択肢になる。そう思っての縁談だったのだが……」

だが臆病者だからこそ時代の趨勢《すうせい》には敏感なのかもしれない。

「そもそも私は育ちしか取り柄のない人間でね。最初からこの世界には向いてないのだよ。ただ何気なしに受けたヴァイオレット家との縁談で妻と引き合わされてね。一瞬でその美しさに酔った」

先ほどのエヴァの姿を思い出す。現実のエヴァがどんな姿をしているのか想像するしかないが、おそらくは昔からずっと美しく魅力的な女性だったのだろう。

「そして私たちはすぐに結ばれた……彼女のためならなんでもできると思った。その気持ちが原動力だったな。向いてないなりに頑張ってきた二十年だったよ。しかし今や私はヴアイオレット家の当主だ。子供や部下たちのことも考えなければならない立場だ。合併には妻も反対したが、今回だけは強引に押し切った。私の気持ちが分かるかね、リッカ君⁉」

アダムスカは血走った目で両肩を掴んできた。だが、すぐに何かに気がついたように離れる。

「すまない……私はどうやら君のことを誤解していたようだ」

そしてすぐに両肩から手を降ろす。

「ここだけの話だが、最初からモーリスのことは気に食わなかった。クリスですらね。可愛い娘を誰かに差し出して心から笑える男親がいると思うかい？」

ああ、それが微かな敵意の正体か。それなら納得だ。その点、リッカ・フジマールはどれだけ嬉しいか……」

無害な人間はいない。ジュリエットも君といる時はとても楽しそうだ。君たちが結ばれるならどれだけ嬉しいか……」

これは本心なのだろうか。だが、アダムスカの表情は何故か明るい。

「実は先程、ドロシーさんからある提案を受けた。アーロンさんさえ首を縦に振ってくれれば丸く収まるのだが……ああ、こんな話を君にしても仕方がなかったな。忘れてくれ。ただ、上手く運べばジュリエットは解放される。そうなるように君も祈ってくれ」

ジュリエットが望まない結婚を強いられないのであればそれにこしたことはないが、合併の話が流れれば両家の抗争は時間の問題だ。本当にそんな都合のいいアイデアがあるというのだろうか。

「では私は少し、アーロンさんを説得する方法を考えるとするよ。ジュリエットのことをよろしく頼むよ、リッカ」

アダムスカは優しく微笑むと、足早に去って行った。


ドロシーの提案とは一体何なのだろう？

それを考え始めたら、ケインのアリバイ確認なんてどうでもよくなってしまった。だが、何度考えてもそれらしい答えは思い浮かばない。

そうこうしている内に、キッチンの近くでジュリエットと伍《ウー》に鉢合わせてしまった。

「あ、帰ってきた。どこをフラフラしてたんだか……」

ジュリエットが怒ってるようだったので、すぐに頭を下げる。どうやら伍《ウー》はジュリエットに一人聞き込みの件を説明しなかったらしい。

「こんなこと言いながら、おまえさんのこと心配してたんだぜ？」

「余計なこと言わなくていいの！」

ジュリエットは伍《ウー》の脛《すね》を蹴る。だが見た目ほど勢いがなかったのか、伍《ウー》は平気そうな顔で「失礼」と答えていた。

「へへ。あ、そういやエヴァ様の提案で、昼飯食べたらみんなでビーチに行こうって話になったぜ」

エヴァの説得が上手かったのか、それとも伍《ウー》に何か思惑があるのか……いずれにせよ、まさかの展開だ。

「こんな状況だからこそ気晴らしは必要だものね。まあ、私たちは泳がないけど」

泳ぎに行くな、と言ってらっしゃるようだ。実際、何があるか分からないから、泳ぐつもりはなかったけれど。

「そんでも日光浴ぐらいはしねえとな。つーわけでちゃちゃっと昼飯作ってくるわ」

急に大きな欠伸《あくび》が出た。安心したせいか、それとも睡眠不足のせいか。ただ、このタイミングで少し眠ってカルデアと情報共有しておきたいという気持ちはある。

「おっ、なんか眠たそうだな。いいよ、起こしてやるから。そこのソファで楽にしてな」

「そこのソファなら、キッチンからも見えるものね。いいんじゃない？」

話の分かる人たちで助かった……。

伍《ウー》の申し出をありがたく受け、ここで一眠りすることにした。


目を覚ましてすぐ、三人にクリスが殺されたことを伝えた。

「そんな、クリスさんまで……」

マシュは一面識もないクリスの死を心底悲しんでいるようだったが、他の二人はそんな気配は見せなかった。特にホームズは無表情のまま、天井の一点を眺めている。

「あの、ホームズ？」

ホームズは視線をこちらに向けると首をゆっくりと振った。

「……いや、何でもない。このアリバイにどこまで意味があるか考えていただけだ」

「勿体ぶるのはやめたまえ。素直に分からないと言っていいんだがね？」

だがホームズは答えずにまた天井に視線を戻してしまった。

「やれやれ、都合が悪いとだんまりかね。ところで伍《ウー》という男だが、中国系だろうか」

「そういえば、かのノックスの十戒には『中国人を登場させてはならない』とありましたが……今回の事件には何か関係ありますかね？」

マシュの問いかけでホームズはようやく何か言う気になったようだ。

「今を生きる君たちにはピンと来ないだろうが……あの当時、東洋人の中には不思議な力を操る者がいると一部では強く信じられていたのだよ」

「私はノックス氏の真意なんて知る由もないが、要は不思議な力を使える怪しい中国人に頼ってお話の辻褄《つじつま》を合わせるのはお粗末だからやめましょうということではないかな？」

「そういう意味では伍《ウー》のことは信頼して容疑者から除外している。なんでもありの平坦な事件が、私の前に差し出されるわけがないからね」

事実、伍《ウー》が犯人だったら、最早誰の手にも負えない。

「確かに……ミステリーでなんでもありとなると、自分で謎を解明する楽しみは薄れますね」

「まあ、かく言う私も中華街のフー・マンチュー氏とは浅からぬ繋がりがあったわけだけどネ！」

何故このタイミングでそんなことを？

「すまないが、テムズ川のヘドロ並に薄汚いコネクション自慢はまたの機会にしてくれないか」

ホームズが冷淡に言い放つ。だがモリアーティはどこ吹く風で笑っていた。

「それよりも、今回の主題はやはりダイイングメッセージにあるだろう」

「クリスさんが遺した mor という文字のお話ですね？」

「ああ。自分の死は避けられないと判断し、残りの活動時間を告発に使う。これは理解できる。だが mor と読めるメッセージが遺されていたから morris と書くつもりだったと断言するのは早計だ。たかが六文字、されど六文字。死の淵で書ききるには長すぎたかもしれない」

「え……そうですね、わたしだったら犯人を示すヒントになるものを書くかもしれませんが。もしかしてホームズさんにはこのメッセージの意味がもう分かっているのですか？」

「仮説はある。しかし今この場で口にしても仕方がない」

ふとモリアーティの様子を窺うと、相変わらずチェシャ猫のように笑っていた。

「自信がないからかね？　それとも――先を見越してのことかな？」

「どう取るかはご自由に。解決に必要なデータが揃っていない内から印象を決定づけてしまう愚を避けたいだけさ。私の仕事は『解明』だからね。可能なかぎり事実は事実として整理したい。それに私の推理の妥当性は私だけが知っていればいい、という考えもある」


モリアーティは「ほほう？」と言ったかと思うと、今まで滅多に見せなかった笑顔を披露した。彼の真意を完全に測ることは無理かもしれないが、完全にホームズを煽っているのだけは間違いない。

「ほーらタチが悪い。今まさに殺人事件の渦中にある虚月館の人々の安否より、事実の解明の方にご執心ときた！　人として、私よりキミの方が邪悪なのではないかナァ？」

「私は自分から謎を作ることはなかったよ。特に、殺人事件という謎をね」

名探偵と犯罪王がバチバチと火花を散らす。人によってはドリームマッチだが、今は心から楽しめる状況ではない。

「あの……もう一つ、気になることがあるのですが……ドロシーさんはアダムスカさんに何を提案したのでしょうか？」

モリアーティから視線を外すと、ホームズはマシュに笑いかける。

「ああ、そちらはさほど難しい謎じゃない。ドロシーの置かれた微妙な立場、そして彼女の感情の移り変わりを考慮すればすぐに分かる。もっともアーロンが一蹴すればそれまでの内容ではあるがね……」

ホームズの説明を聞き始めた矢先にあの眠気が来た。今回は実に早かった。

「おっと、時間のようだ。では一言だけ。クリスの死で事件は本題に入った……警戒は怠《おこた》らないようにしたまえ」

ホームズからの贈り物を胸に刻むと、安心して意識を手放した。


潮風の匂いがする。それになんだか暑い……。

目を覚ますと、そこはビーチだった。ビーチパラソルの陰にいるから眩しくはないが、寝直すには高い気温だった。

「あら、やっと起きた。とっくにお昼は過ぎてるわよ?」

起きた気配が伝わったのか、顔を下に向けたジュリエットと目が合う。それでようやく自分がジュリエットの膝枕で眠っていたことに気がつき、慌てて転がる。

こちらで眠ったのが昼の11時前だったから、眠っていたのは二時間か三時間ぐらいだろうか。それにしてもあちらとこちらで時間の流れが違うのは妙な感じだ。

「気持ちよさそうな寝顔だったから起こせなくてね。仕方ないから俺がビーチまで運んできたよ」

伍《ウー》は少しニヤニヤしていた。ほどなくしてその理由に気がついて顔が熱くなった。

だが伍《ウー》はそれ以上余計なことは言わなかった。一応リッカも客だからだろうか。

「こんなところですやすや眠って……いいご身分よね」

「それを言うならお腹一杯になってお昼寝中の人は他にもいるさ。あっ、昼飯は終わったけど、そこのランチボックスにサンドイッチがあるからよかったら食べな」

周囲を見回せば、ビーチパラソルの下でアーロンとホーソーンがぐっすり眠っている。

ハリエットも近くにいるが、彼女は座って海の方を眺めている。

「みんな気晴らしがしたかったのね。というか、本当に気晴らしがしたかったのは伍《ウー》さんだったんじゃないの？」

ジュリエットはそうからかうが、伍《ウー》は真顔でこう返す。

「気晴らしなんてありゃ方便さ。遮蔽物《しゃへい》のない、だだっ広い浜辺なら監視がしやすいからな。おまけにこの陽気なら必然的に薄着だ。危ないもんを隠し持っててもすぐに分かる。毒塗りの暗器はともかく、な」

伍《ウー》の視線の先を窺うと、浜辺には水着姿のエヴァとドロシーがいた。

「ま、みなさんがここまで水着になってくれたのは嬉しい誤算だったけどな。これで俺も少しは気が抜けるってもんさ」

「でも年相応の格好ってものはあるわよね……ドクターを見習って欲しいわ」

はて、ジュリエットは誰のことを言っているのだろう？

そんなことを思っていると、水辺で波と遊んでいたエヴァがこちらに気がついた。

「ほら、ジュリエットも来なさい。最高に気持ちいいわよ？」

身体から水を滴らせながら手を振るその姿を見て、ここがプライベートビーチで本当に良かったと思った。普通の海水浴場だったら大変なことになっている。

「あのね、いくつだと思ってるの？　いい加減、水遊びではしゃぐような歳じゃないの」

ジュリエットがそう言うと、こちらにエヴァは近づいてきた。あれはまだからかうつもりの顔だ。

「あらあら、そんなこと言っちゃって。本当はリッカさんの前で水着になるのが恥ずかしいだけでしょう？」

「うるさいわね！　あっち行ってなさい」

ジュリエットは真っ赤になりながらエヴァを追い払う。そのやりとりをハリエットは何故か愉快そうな表情で眺めていた。

「わざわざ肌を焼くなんて感心しないけどね。私はパラソルの下でゆっくりとお昼寝させてもらうわ」

「命を狙われているのかもしれないのに昼寝？」

「大丈夫だ。私がいる」

ジュリエットが呆れたような表情でそう言うと、いつの間にか立っていたアダムスカが口を挟む。なんと、凄い角度のブーメランパンツだ。

エヴァさんといい、年相応の格好をして下さい！

「ママもお前たちも守ってみせるさ」

よく見ればアダムスカの身体も濡れている。もしかしたら海水に浸かりつつ、エヴァを見守っていたのかもしれない。

「まあ、パパも一緒なら気休めぐらいにはなるかしら」

「くすくす……昔からパパは頼りないものねえ」

「お前たち！　そんな……本当のことを言うのはやめなさい」

アダムスカはとても悲しそうだ。日頃の力関係が窺えるやりとりである。

「ところでリッカさんは泳がないの？」

「リッカはここで私と日光浴するの！」

ジュリエットがぴしゃりとそう言い放つと、エヴァは哀しそうな表情でまた波打ち際に戻っていった。

「……双子ってのは面白いなあ」

ヴァイオレット家のやりとりを黙って眺めていた伍《ウー》がぼそりと言う。

「そう？　双子って言っても私たちは二卵性だから、あんまり似てないと思うんだけど」

「おっと、聞こえてましたか。いや、悪い意味で言ったわけじゃありませんよ。天涯孤独の身なんでそういう結びつきに憧れちまうんですよ」

だが伍《ウー》の意見には同意だ。母親のエヴァが水着で泳ぐ一方で、ジュリエットもハリエットもビーチパラソルの下から動かない。これもまた双子の面白さか。

「まあ、性格的にはママと妹の方が似てるかな。二人とも自由奔放だし……たまに羨ましくなっちゃう」

「真面目なところはパパに似たんだな」

「はいはい。そういうコトにしておきましょう」

どうあれ、家族仲が良いということは決して悪いことではない。ふとゴールディ家の方が気になり、彼らの様子を窺う。

「ローリー、泳がないの？　せっかく水着を持ってきたのに」

「うん。泳ぐよりケインお兄ちゃんと遊ぶ方が楽しいから」

見ればちょうどケインがローリーに手を振りながら駆け寄って来るところだった。

「うふふふふ。ローリー、あっちでカニを見つけましたぞー」

「カニさん！　すぐに行くよ」

今にも走りだそうとするローリーにドロシーは優しく言い聞かせる。

「……じゃあ、気をつけて遊ぶのよ。ママはここにいるから」

「そういえばリッカ、ドロシーさんのアリバイは確認した？」

首を横に振る。一応、先ほどそれらしい話はしていたが、直接確認しておいた方が良いだろう。

するとジュリエットはドロシーの方にスッと近づくと、単刀直入に切り込んだ。

「あの……ドロシーさん、これは他のみんなにも訊いていることなんですが、昨夜はどうしていましたか？」

「あら、私なら午後10時にローリーを寝かしつけて、そのまま一緒に朝までぐっすり寝てましたけど？」

疑われていることぐらい承知しているだろうにドロシーは厭《いや》な顔一つせずにそう答えた。

「もっとも、ローリーの方が先に寝ていたのでローリーに訊いても仕方がないと思いますが……」

「分かりました。ありがとうございます」

「いいえ、どういたしまして」

そう言って笑うと、ドロシーは海へ向かう準備を始める。

「ふふっ、気持ちいい。海がこんなに楽しいなんて。私、少し泳いできますね」

水辺に駆けていくドロシーを眺めながら、ジュリエットたちと一緒に元のビーチパラソルの下へ戻った。

「それにしてもドロシーさん、さっきはやけにご機嫌だったわね」

ハリエットはすうすうと寝息を立てている。もしかすると神経が高ぶって、夜に眠れなかったのかもしれない。

「機嫌が良くなるのも当然だ。彼女は後妻だからね」

そんなジュリエットの疑問にアダムスカが答える。

「モーリスが姿を消し、クリスが亡くなった今、ゴールディ家を継ぐのはローリーということになる。となれば母親の彼女はローリーの後見人として、一族の中で安泰な立場を手に入れるわけだ」

もしかすると他にもアーロンの隠し子がいるのかもしれないが、今回ローリーがゴールディ家を継ぐことが決まればそう簡単には覆らないだろう。

「ああ、それで納得がいった。クリスがアーロンさんの息子だって判明した時、なんともいえない顔してたもの……ってまさかパパ、ドロシーさんがクリスを殺した犯人だって言ってるの？」

アダムスカは肩をすくめてみせた。

「そこまでは言ってない。ただ、彼女には動機があると思っているだけさ」

「あのー……」

突然、話しかけてきたのは当のドロシーだった。まさか話題になっている人物から声をかけられるとは思っていなかったようで、アダムスカは心の底から驚いていた。

「ド、ドロシーさん？」

「驚かせてしまいましたか？」

「いえ、突然だったもので。それで何用ですかな、ドロシーさん？」

情けなかろうが舐められていようがヴァイオレット家の長としての振る舞いは忘れない
……そんなアダムスカの人柄を少し好ましく思った。

「ローリーを見かけませんでした？　いつの間にかどこかへ行ってしまったようで……」

ジュリエットは周囲を見回す。

「そういえばケインの姿も見えないわね。どこ行ったのかしら」

「カニに夢中になって波にさらわれていたらどうしよう……」

「一緒に探しに行きましょう。ケインのことも心配ですから」

そう言ってジュリエットは腰を上げる。

「ジュリエットさん……ありがとう」

「私もご一緒しましょう。女性だけでは心配だ」

アダムスカが立ち上がるのを見て、つい立ち上がってしまう。だがジュリエットは首を横に振った。

「どうせ子供の足よ。そんな遠くまで行くつもりないし、もし襲われてもどっちかが助けを呼べるから大丈夫。だからパパはママたちを見てて」

「……分かった」

「リッカはここに居てね。それで、絶対に死なないでね」

ジュリエットについてくるなと釘を刺され、アダムスカたちと待機することになった。

ジュリエットとドロシーがローリーたちを探しに行ってから十分が経過した。エヴァは退屈そうに欠伸をしているし、アダムスカはまんじりともしない様子でずっとハリエットの傍《そば》を離れない。

ここからはもう誰も欠けることなく終わりたいな……。

「……やっと二人になれましたね」

いつの間にやらエヴァが隣にぴったりとくっついていた。ここまで接近を許してしまうとは……少々リラックスしすぎたようだ。

アダムスカの方に視線をやるが、エヴァは一向に気にした様子はない。

「ああ、そんなこと。別に誰も気にしませんよ。取って食べたりしませんからお話ししましょ？」

そう言われても、うんうんと肯くことしかできない。

「私、ずっと気になってたのですが、あなたはジュリエットとどのような関係なのですか？友達？　それとも恋人？」

曖昧に笑って誤魔化す。

「そういえばこんな訊き方をしてもお返事ができませんでしたね。でも無理して本心を隠すことはないんですよ？　仮にモーリスが帰ってきたところでもう破談でしょうし」

エヴァは意味ありげに笑う。

「まったく、みんな頭が硬いのですから。中でもジュリエットが一番。『長女だから自分が結婚する』って宣言した割に当人は全然割り切れてないんですよ」

それは強く感じていた。モーリスはともかく、非の打ち所がないクリスとの結婚すら躊躇っているようだった。

「でもね、そういうところがジュリエットの魅力なんです。真面目で責任感があって、それでいて繊細。だからこそジュリエットには幸せになって欲しいんです。愛さえあれば身分や性別なんて関係ないと思いますし」

随分と進んだ考えの人だ。いや、でないとこんな水着も着ないし、こんな風にからかいに来たりはしないか……。

「あ、でも……あなたさえその気なら私と遊んでくれてもいいのですよ？」

そう言ってエヴァはこちらの胸に手を当て、のしかかってきた。

「あら？」

これはヤバい……。

「きゃあああああああ！」

突然、どこからかジュリエットとドロシーの悲鳴が聞こえてきた。これ幸いと、勢いよく立ち上がる。

「もう、これからが面白いところでしたのに……ジュリエットったら空気が読めないんだから」

エヴァは胸の中の空気を全て吐き出すような長いため息を吐く。そしてこちらを見てにっこりと笑いかけた。

「ほら、お行きなさい。せめて一番乗りで駆けつけていいところ見せないと。ね？」

悲鳴のあった方角の浜辺に走ると、そこにはジュリエットとドロシーがいた。幸い怪我をしている様子はないが、二人はまるで凍りついたように立ち尽くしていた。

「リッカ！」

こちらに気がついたジュリエットが突然抱きついてきた。その肩を抱いていいものか悩み、リアクションは保留する。

「あ、あれ……」

少し離れた浜辺で、マネキンのようなものが波に洗われていた。だがどう見ても肌の質感は人間の死体のそれだ。距離があって顔までは見えないが、おそらくは漂着したのだろう。

それにしてもあの格好、まさか……。

「大きな声……ママ、そんなに驚いて何かあったの？」

無邪気な声だ。見ればローリーとケインがこちらを見ている。

ドロシーはすぐにしゃがんでローリーを抱きすくめた。

「ローリー、どこに行ってたの？　心配したんだから……」

ただならぬ雰囲気を感じ取ったのかローリーは何も言わずにただじっとしていた。ただ、こんな状況でも変わらない者もいた。

「さては大きなカニでも？　見つけた？　見つけた？　うふふふふ！」

ケインは飛び跳ね死体のある方へ行こうとする。

「あっ、ケイン。そっちに行ったらダメよ」

ジュリエットの制止を逃れて波打ち際に直進しようとするケイン。だがそれは突然現れた伍《ウー》によって阻止された。

「はーい、ストップ。これ以上、近づかない方がいいぜ。金髪にあの服装、十中八九モーリスの死体だ」

やはりモーリスは死んでいたのか……。

「あの辺は海流の関係で色んなものが打ち上げられる。きっとしばらく海を漂《ただよ》ってたんだろうな。ちらっとでも見ちまったお嬢さんらは手遅れだったが、後から来た人らには見せられねえ」

「それでも、一応は確認しないと……」

ジュリエットが震えながら反駁《はんばく》する。しかし伍《ウー》の表情は冷めていた。

「……こういうこと、あんまり言いたかないけどさ。水中を漂う死体を発見したお魚さんたちは柔らかくて食べやすいところから食べるんだよ。具体的に言えば、目と唇だな。まあ、どうしても見たいなら止めねえけどさ」

ああ、そこが無くなっている以上、顔の判別は不可能だ。無理して見ても仕方がない。

ジュリエットの蒼い顔を窺うと、彼女も同じ思いのようだった。

「モーリス……ううう……」

ドロシーは義理の息子の名前を呼んでさめざめと泣いていた。自分では産んでいなくとも、彼女はモーリスを自分の息子だと思って過ごしてきたのかもしれない。

きっとドロシーさんは心の優しい人だ。

伍《ウー》はそんなドロシーにそっとハンカチを差し出しながら、こう言った。

「悪いけどみんな一緒に館に戻ってくれないかい？　あ、ホーソーン先生は起こして、こっちに呼んでくれ」


生存者たちは応接間に集められていた。

死体の発見から既に小一時間が経っていた。当然、海水浴なんかしている空気でもなくなったので、水着を着ていた者も着替えている。

「先程発見された遺体だが……おそらく死因は溺死だろう」

検死を終えたホーソーンがみなに向かって説明を始める。

「だが身体にはひどい打ち身の跡が残っていた。私は高いところから海に突き落とされたと見ているが、その条件に合うような場所がこの島にあるかね？」

「島の北端に断崖があります。そこから落ちたってんなら、潮の流れ的にも辻褄は合いますね」

伍《ウー》の説明にホーソーンは肯く。

「そして……言いにくいことだが、髪の色や体格、その他身体的特徴からあの遺体はモーリス君のものである可能性が極めて高い」

ドロシーが顔を覆う。モーリスの生存にまだ一縷の望みを持っていたのだろう。ホーソーンは慌てて、こう付け足した。

「ただ顔が判別できない以上、私としても断定はできないがね」

気休めのような言葉に反応したのはアダムスカだった。

「ということは、替え玉の死体さえ用意すれば入れ替わりも可能であると……ううむ。だったら、我々はまだ警戒を解くワケにはいかない」

「……もういい」

静かに、それでいて投げやりな言葉がアーロンの口から吐き出された。

「あなた？」

「モーリスはこの館に来ることなんて知らなかったんだ。そんなあいつが替え玉用の死体なんてどこから調達する？」

「それは……」

アダムスカは口ごもった。自分の思いつきがアーロンの心を傷つけたことに戸惑っているようだ。

「僅《わず》かな望みにすがっていたが、もうきっぱり諦めよう。我が息子、モーリス・ゴールディは死んだ。そしてクリスも命を落とした。私の後継者はもうローリーしかいない。だからどうだろうアダムスカさん、妻とも話し合ったのだが……うちのローリーとそちらのケインを許嫁《いいなずけ》にするのは？」

「……その申し出を待っていました。謹《つつし》んでお受けしましょう」

そんなアダムスカの返事にジュリエットが血相を変える。

「待ってよ。ローリーはまだ子供だし、ケインに家のことなんて……」

何事か言おうとしたアダムスカを制して、アーロンがジュリエットに喋りかけた。

「頭の硬いことだな。別に二人を今すぐ結婚させるわけではない。そういう約束を取り交わしたという事実こそ重要なのだ。そして我々の同盟が成立しなければどうなるか……君もヴァイオレット家の長女なら分かるだろう？」

「それは……そうですけど」

「おまけにモーリスが死んだという報告だけを持ち帰れば、ヴァイオレット家の人間に暗殺されたという噂が立つ。そうなれば待っているのは抗争だ。最悪のシナリオを避けるにはもうこれしかない」

「しかし、ゴールディさん。本人たちの気持ちはどうなる？」

ホーソーンがジュリエットに代わって正論を吐いた。だが、当のローリーはあっけらかんとしたものだった。

「わたしはケインお兄ちゃんとなら結婚していいよ？」

「いや、君はまだ小さいのだから……」

流石にホーソーンもこれには狼狽えざるをえなかったようだ。

「ホーソーンさん、あなたの懸念はもっともだ。だから許嫁の約束をどうするかはローリーが然《しか》るべき年齢になった時にまた考えればいい。方便の縁談でもそれで数年の同盟が買えるのだからな」

「僕はいいですぞー。よくわからないけどいいですぞー！」

「話の分かる子だ……頭の方は残念だが」

アーロンにそう言われてもケインは腹を立てなかった。

「では、モーリスは不幸な事故で命を落とした、そういうことにする。どうか我が息子たちの死を無駄にさせないでくれ」

アンもアーロンの言葉に肯く。

「これは完全な私情ですが、私もクリスの死を無駄にしたくはありません。この場の全員が真相を他言しないのであれば、そういうことに致しましょう」

「決まりですね」

アダムスカはアーロンに近づくと手を差し出した。アーロンはその手を力強く握り返す。

「昨日までの仇敵が今日から心強い相棒だ。これからはよろしく頼む」


それからその日の夕食が終わるまであっと言う間だった。死者は出てしまったものの、両家とも実りある成果を手にしたことで浮足立っているようだった。加えて明日にはもう迎えが来るという事実がみなを解放的な気分にしているのだろう。

だがジュリエットだけはずっと憂鬱そうな表情をしていた。そういえば夕食もあまり食べていなかったし、エヴァやハリエットのようにワインも口にしていなかった。ジュリエットの中ではまだ何か懸念事項が残っているのだろうか。

「あら、心配してくれるの？」

思っていたことが顔に出ていたらしい。静かに肯くと、ジュリエットは何故か嬉しそうに「ありがとう」と口にした。

「あのね、リッカ……」

「おや、君たちか」

ジュリエットの呼びかけを遮《さえぎ》ったのはアーロンだった。顔は赤く、足取りも少し怪しい。

「おっと……」

バランスを崩しかけたアーロンを慌てて抱き留める。お陰でアーロンはかろうじて転倒を免れた。

「……これは失礼した。助かったよ」

アーロンは上着を直すと、こちらに深々と一礼する。その所作ときたらなかなかの伊達男ぶりで、アーロンに対して好意を抱いていなかった筈なのに、胸の鼓動が高まってしまった。中年になった今でもこれなのだから、若い頃はさぞ女性を泣かせたのだろう。

「ちょうどいい。酒を探しに行くところだったのだが、一緒に飲まないか？」

「そんなに酔っ払って……みっともないと思わないの？」

突然、アーロンに絡まれたジュリエットは不機嫌そうだった。

「酔っているように見えるかね？　私は少しも酔えなくて困っているところなのだが……ところでお嬢さん、どこかで私に口説かれたことが？」

その瞬間、ジュリエットは凄い形相でアーロンを睨みつける。

「最低。親子揃って本当に最低！」

「いや、失礼。数えきれないほどの女性と遊んだからね。いつかどこかで一夜を共にした誰かと間違えたんだろう」

謝罪はするが悪びれた様子はない。これがアーロンという男の自然体なのだろう。

「私は生来、子供のできにくい体質でね。若い頃はそれをいいことにあちこちで種を蒔《ま》いたものだ」

「これ以上不愉快な話をするつもりなら部屋に帰るけど？」

「ああ、すまない。別に君たちを口説くつもりはないんだ。ローリーが生まれてからは女遊びはやめた。実際に娘を持って、自分がいかに罪深いことをしていたか、よく分かったからだ」

「……悔い改めたって罪は罪、なかったことにならないんだから」

「確かに。モーリスとクリスを立て続けに失ったのも、罰なのかもしれないな……」

ジュリエットは途端にハッとした表情になる。腹が立ったとはいえ、息子を二人も失った人間に言うべき言葉ではなかったと気がついたのだろう。

「いえ、そこまで言ったつもりは……」

「感謝するよ……もう酒を飲む気分ではなくなった。私は先に休ませて貰おう」

アーロンはしっかりとした足取りで去って行った。酔っ払いの戯言のように聞こえたが、酔えないというのは本当だったのかもしれない。

アーロンの背中が見えなくなると、ジュリエットは少し赤くなりながら唐突にこんな提案をしてきた。

「……ねえ、リッカ。ちょっと夜風に当たらない？」


ジュリエットに誘われるがまま、夜の浜辺までやってきた。周囲には他に誰もおらず、夜空には綺麗な満月が浮かんでいた。

あまりの見事な月に思わず指差してジュリエットに訴えてしまう。

「あら、本当ね。ちょっと眩しすぎるけど」

月の光を浴びたジュリエットは本当に眩しくて……直視してはいけない存在のように思える。

「私ね、この縁談が進み出してからずっと不安で、怖くて、だけど自分の力ではどうしようもなくて……」

分かっていたけど、ジュリエットは家のために自由を諦め、全てを受け入れるつもりだったのだ。

「でもこんな状況で私のために悲しんだり怒ったりしてくれる人がいただけで、とっても楽になったの」

そう言われてつい、自分の顔を指差してしまう。違ったらどうしようと思ったが、ジュリエットは微笑みながら肯定してくれた。

「……友達だった人たちはみんないなくなったけど、私にはまだあなたがいるもの。ううん、あなただけでいいの」

ふと、この身体の持ち主であるリッカ・フジマールという人間のことを思う。他の元友人が次々とジュリエットとの縁を切っていく中、リッカだけは離れなかった。それがどういった感情からだったのかは分からないが、ただの打算ではここまで付き合えない筈だ。

「もしモーリスとの結婚生活が辛くても、あなたがいてくれたという事実だけで生きていけそうだったの。私の縁談は流れたけど、それでもあなたへの感謝の気持ちは変わらない。重ねてお礼を言うわ」

リッカ本人はともかく、リッカの代わりにここに立っている自分にその言葉を受け止める資格があるのだろうか……。

自問しつつ、曖昧に肯いてみせた。

「……ねえ、もう少しワガママを言ってもいいかしら」

ジュリエットは頬を染めながら、身を寄せてきた。これが恋人同士だったら、肩を抱き寄せるべきだろう。

おずおずと肩に手を置くと、ジュリエットの身体が震えているのが分かった。

ああ、そうか。こんな小さな身体で、ジュリエットは勇気を振り絞ってくれたのだ。ならば、応えなければならない。

肩を抱き寄せて、額同士をくっつけ、それから、それから……。

だが夢のような時間は思わぬ形で取り上げられることになった。こんなタイミングで意識が遠のき始めたからだ。

「え、ちょっとどうしたのよ？」

ジュリエットの驚いた声を浴びているが、身体に力が入らない。

「リッカ？　ねえ、リッカったら……」


カルデア側で意識を取り戻すと同時に跳ね起きた。流石に今回ばかりは呑気に構えていられない。頭の中で必死で要約しながら、何があったのかを三人に伝える。

「ふむふむなるほど……ジュリエット嬢といい雰囲気になっていたら突如意識を失ったと。いや、その前にはエヴァともいい雰囲気になりかけていたようだが。ふむふむ……」

モリアーティは何やらブツブツ言っていたかと思うと、いきなりこちらの目を覗き込んでこう尋ねてきた。

「それで……どこまでいったのか正直に話したまえ」

「いや、そこは本題じゃないから！」

思わずつっこみを入れると、マシュが頬を染めてこちらを見ていた。

「浜辺でいい雰囲気……夏の予習、ということなのでしょうか先輩？」

このままだと収拾がつかなくなる……そう思ったところをホームズが助けてくれた。

「いやいや、そんないい話ではないとも。あくまでリッカ・フジマールの物語なのだから」

「あ。そういえばそうでした……」

そう言いながらも何かを想像しているのか、マシュはまだ照れていた。

「まあ、しかしここまでは予想できた展開ではあったがね」

「同感だ。しかし満月が出ていたとは……」

「えっ、えっ？　どういうことでしょうか」

ホームズとモリアーティはもう何か分かっているようだ。だが、悔しいことにこちらはまだ何も分からない。マシュと一緒になって質問したいところだが……。

「満月の件はひとまず置いて質問だ。意識が遠のく前に何か派手な兆候はあったかな？」

「特にはなかったと思うけど……少なくとも血を吐いたりはしていません」

モリアーティがゆっくりと肯く。

「なるほど……それなら睡眠薬か麻酔の類だろう。気絶したから即死ぬということはないかな」

「まあ、ジュリエット嬢の手によるものではないだろうな。二人きりなら君に向かって心配するような演技をしてみせる必要もない。……いや、むしろ本性を剝き出しにするか」

ホームズのそんな推論にマシュもモリアーティも若干引き気味だった。

「キミには人の心がないのかね？　そこは素直にジュリエット嬢の純情を信じようよ」

だがホームズは悪びれた様子もない。

「女性だからという理由で誰かを信じたりしないだけさ。しかし犯罪者に人の心を説かれるとは……」

「あの……わたしには分からなかったのですが、どうして先輩が狙われたのでしょう？　これも突発的なこと、なのでしょうか？」

そうだ。実際、いくら考えてみてもそこが分からなかった。リッカ・フジマールは少なくとも両家の利害には無関係な筈だ。

「自然な流れ、というヤツかなぁ」

解説してくれるのはモリアーティのようだ。しばしば犯罪王の顔を覗かせるモリアーティだが、今回はホームズの助手役であり、探偵役でもある。その灰色の脳細胞のなんと心強いことか。

「確かに許嫁の約束によって両家の同盟は成った。しかし犯人が分からずじまいではわだかまりが残る……何より犯人自身も罪の発覚に怯えて過ごしたくはない。だったらスケープゴートを立てればいい。犯人は外部の人間であるリッカ君に全ての罪を着せて殺すつもりかもしれないネ」

「モリアーティさん！　なんて恐ろしいことを」

マシュが信じられないという表情で抗議する。

「そう怒らないでくれたまえ。あくまでその可能性がある、というだけさ」

「しかし教授の見立てはそう間違っていないだろう。救いがあるとすれば一見して他殺と判る方法は取らないだろうということかな。なるべくなら偽の遺書でも置いて、状況的には自殺に見せかけなければ意味がない。例えば絞殺の後、首吊り自殺に偽装するとか……もっとも、そんなことをしても検死で偽装はバレるが。犯人自身が検死をするなら押しきれなくもない。そうだろう、ドクター？」

「いや、ホーソーン医師は私と無関係だからね？」

告発めいたことを口にしたホームズに、モリアーティは冷静につっこむ。

「だが、それはそれとして、もし彼が本当に犯人でも怒らないでくれたまえ」

「またあちらに戻って、余裕があったら遺書を探してくれ。もしかすると既に部屋のどこかに仕込まれている可能性がある」

いきなり視界が真っ暗になり、身体に力が入らなくなった。

「おや、先輩……？」

辛うじて聴覚だけは残っているが、それもじきに失われるだろうという予感がある。

「おっと、ついに予兆なしで睡眠状態に入ってしまったか。リッカ君が眠る、ということはあちらの〝誰か〟はまだ生きているということだ。その点においては喜ぶべきことではあるね。なあ、そう思わないか名探偵？」

だがホームズの返事はついぞ聞こえてこなかった。何とも言えない不安を抱えたまま、またあちらの世界へ落ちていった……。


「じきにクライマックスというところだろうね」

意識を失った立香をベッドに戻しながらホームズがそう言う。

「事件の方は一向に真相が分かりません……でも、私たちで先輩をサポートして、どうにか解決に持っていかないと……ねえ、ホームズさん？」

だがホームズは壁にかかった時計を難しい表情で眺めていた。

「すまないが私はやることができた。しばらく留守にするから、あとのことは頼むよ」

「え？　あの、それは……」

ホームズは呆気にとられるマシュに背を向けた。

「今は説明をしている時間も惜しい。どうしても知りたければ、そこの男に尋ねたまえ」

マシュがモリアーティを見ると、何か得心が行ったような表情をしていた。

「ふむ。やはり満月かね」

「そういうことさ、教授」

ホームズはそれだけ言い残して退室してしまった。

「早速ですがモリアーティさん、ホームズさんはどうしてしまったんですか？」

「私は仕掛ける側であって、解く側ではないヨ。加えてあの変人の考えを説明するなんて、シチ面倒なコトは避けたいんだがねぇ……まあ、マシュ君の頼みであれば仕方あるまい」

やれやれといった表情でモリアーティは解説を始める。

「今回、私とホームズの得たデータは同じだ。後は丁寧にロジックを組み上げればいい。あの男《ホームズ》が四十度の高熱でもないかぎり、同じ結論に辿り着くさ」

「では、モリアーティさんにはホームズさんの行き先が分かっているのですね？」

モリアーティはどこか不本意そうな表情で肯いた。

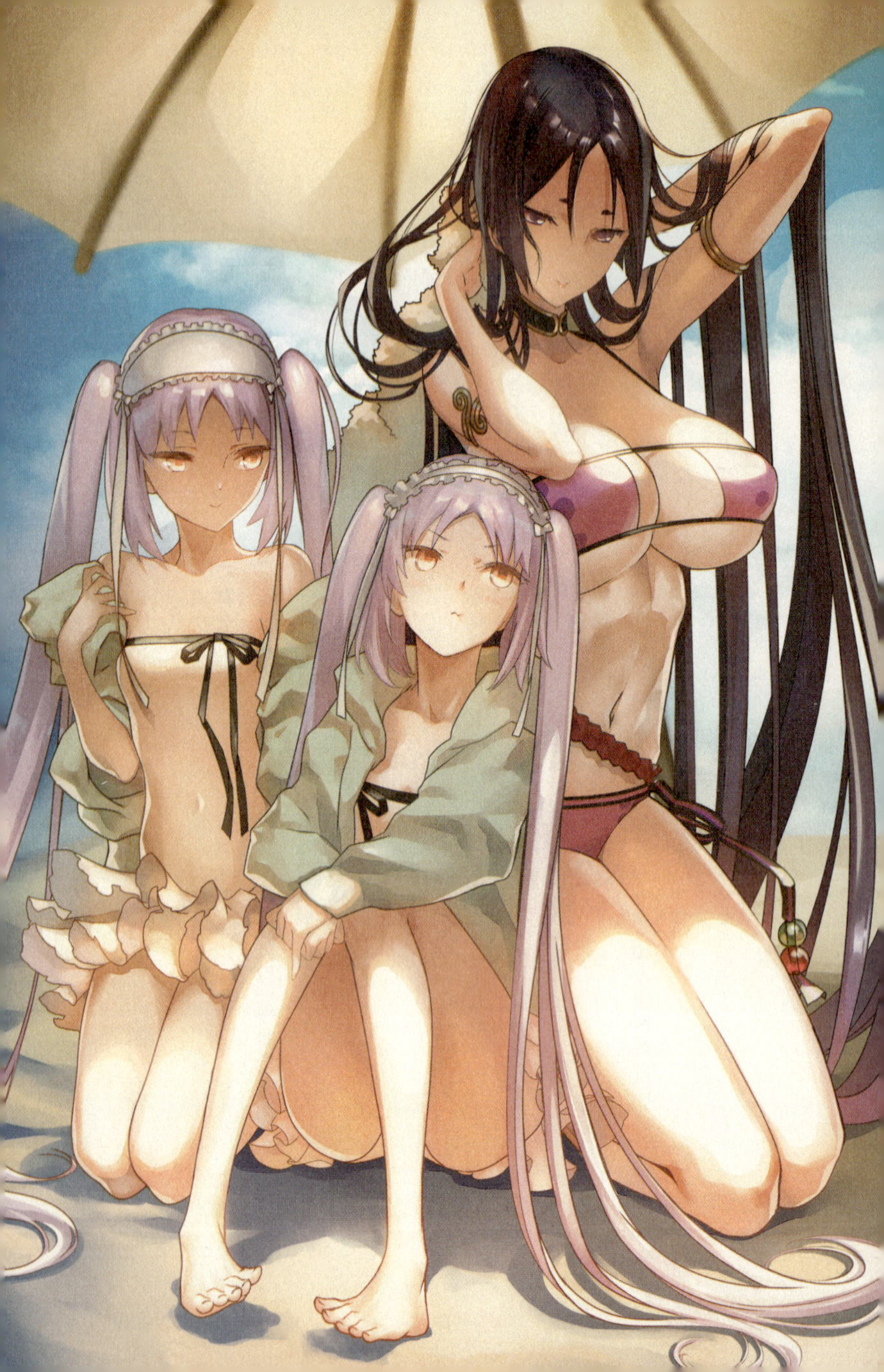

「でも満月、というのは……月にでも行くつもりなんでしょうか？」

「なんともかわいらしい発想だ。ホームズが聞いたら笑うかもしれないが。まあ、その辺はおいおい説明するとして……今回は短い覚醒だったたね。お陰で立香君に忠告を伝えそびれたよ」

「……はい。わたしも先輩に確認していただきたいことがあったのですが」

「おや、何か気になるようなことでも？」

「いえ、どなたも明言はされていないのですが……もしかしてクリスさんの本当のお母さんってアンさんなのではありませんか？」

「まあ、そう考えるべきだろうね。アンの態度にもヒントがあった。アーロン氏は故意にぼかしていたが、引き取れなかったクリスを母親であるアンに預けたという話さ」

「……アンさん、ご子息を亡くされたのですね」

　マシュは正解したのに少しも嬉しそうではなかった。

「一刻も早く事件を解決しなくていけません。モリアーティさん、他に何かありますか？」

「あるとも。クリスのメッセージだ。いまさら言ったところで詮のないことではあるがね。死に際に犯人を告発するメッセージを残すとして、犯人の名前そのものを書くとは限らない。犯人の属性だって立派な告発だ。私は彼が mom と書こうとしたのではないかと考えている」

「しかし、それでは誰のことか分からないのでは？」

「メッセージとしては不完全かもしれないが、たった三文字だ。名前をフルで書くよりは楽だろう。もっとも、それでも書ききれずに mor となってしまったのは本人も無念かもしれないがね」

「mom……母親？　待って下さい。それを書き残したのはクリスさんですから……先輩を狙っているのはまさか……！」


つま先がこすられるような奇妙な感覚があった。そして何ともいえない甘い香りがする。

それが誰かに背負われ、引き摺られているせいだと気がついた瞬間、目が覚めた。

覚醒した途端、本能的に二本の脚で立ってしまう。

「きゃ」

重心が崩れたためか、リッカを背負っていたジュリエットがバランスを失って、前につんのめる。

「あれ、起きたの？　ドクターを呼びに行こうと思っていたんだけど」

よく見ればここは虚月館の玄関だ。引き摺りながらとはいえ、まさか浜辺から一人で背負ってきてくれたのだろうか。

「本当に疲れたんだから。自分でもどうして運べたのか不思議だけど。明日は筋肉痛になりそう」

こんな小さな身体で浜辺からここまで運んでしまうとは……火事場の馬鹿力とはよく言ったものだ。

いや、リッカのためにこんなに必死になってくれる人がただの友人の筈がない。きっとリッカにとってジュリエットが大事な存在であるのと同様、ジュリエットにとってもリッカは重要な存在なのだ。

「別に浜辺に放置して助けを呼びに行っても良かったんだけど、オオカミか犯人に襲われたら大変だと思ったから……」

照れたようにそう言うジュリエットがなんだかとても愛おしかった。

「もう歩けるの？」

ゆっくりと肯く。するとジュリエットは笑った。

「そう。じゃあ……」

そう言ったかと思うと、ジュリエットは背中に飛びついてきた。その高い体温が背中にじかに伝わってくる。

「疲れたから、このまま部屋の前まで送ってくれない？」

そのお願いに肯き、ジュリエットを部屋の前まで運ぶ。ジュリエットを降ろすためにしゃがむと、名残惜しそうに離れた。

「じゃあ、リッカ。おやすみなさい。ひどい顔してるから、あなたももう休みなさいよ？」

ドアが完全に閉じられるまで、ジュリエットに手を振った。そして鍵のかかる音を確認する。これでジュリエットが侵入者に襲われて命を落とすことはない筈だ。

よし、捜索開始だ。

急いで自室へ戻り、入念に部屋の中を調べた。デスクの中、ベッドの下、鏡の裏、枕の下……。

あった！

それは枕の下から出てきた。折りたたまれたＢ５用紙で、便せんにすら入れられていない。

緊張しながら用紙を広げ、その文面を確かめる。

みなさまへ
私はジュリエットの、表向きはボーイフレンドというライトな関係でしたが、本当のところ一人の男として、ジュリエットのことを心から愛していました。だから嫉妬にかられてモーリスを崖から突き落として殺し、クリスも毒で殺しました。

今になって取り返しのつかないことをしてしまったと後悔し、自らの死をもって償おうと思います。本当に申し訳ありませんでした。

リッカ・フジマール

危うく破り捨てそうになった。文面の稚拙《ちせつ》さもそうだが、下手をすれば本物の遺書ととられかねないところがあったからだ。もしも浜辺で昏倒した時にジュリエットが一緒に居てくれなかったから、今頃犯人にいいように罪を着せられて殺されていたかもしれない。

この遺書、マーブル商会の人に預かって貰おう。

そう思って廊下に出ると、ちょうどいい具合にアンが立っていた。まるでこちらが出てくるタイミングを知っていたかのように。

「ちょうど良かったです、リッカ……」

目的を伝えようとしたが、その前に腹に鈍い衝撃を受けた。

どうしてアンさんが……こんなことを……。

疑問の答えは得られぬまま、意識が途切れた。

第四章

四日目

The Kogetsukan murders ***day4***

目覚めた時、死の世界にいることを覚悟した。

自分はあの夜、アンに襲われ、死んだのだろうか……。

だがよく見るとここは虚月館の自分の部屋だ。流石に何度も見ているから間違える筈もない。

「お目覚めですか」

他ならぬアンにそう言われて、慌ててベッドの上に立つ。素手で挑んで勝てるような相手ではないが、それでも自分に害をなした人間に臨戦態勢を取らないわけにはいかない。

だが予想に反して、アンは深々と頭を下げた。

「先の狼藉、心からお詫びします」

何か事情があったようだ。

「姐さんが頭下げてんだ。ひとまずベッドに立つのはやめな」

いつの間にか伍《ウー》も壁に寄りかかっていた。どのみち、伍《ウー》には命を握られているようなものだ。ベッドに正座をして大人しくアンの話を聞くことにした。

「昨夜、後片付けをしていた伍《ウー》がテーブルに妙な粉末がこぼれているのを発見しまして」

「誰かが一服盛りやがったなと踏んでね。とはいえ犯人探しより被害者探しが優先だ。俺と姐さんで手分けして一人一人様子を確認してたら、顔色の悪いアンタを姐さんが発見したんだよ」

ああ、それで廊下で会ったのか。

「一刻も早く吐かせる必要があると思い、手荒い真似をしました」

「姐さんはアンタを運び込んでずっと見守ってたのさ。ちなみに吐いたものは俺が始末しておいた」

あの一流の腕前を持つ料理人に吐《と》瀉《しゃ》物の片付けをさせてしまったなんて……いくら何でも申し訳ない。

「後遺症もなさそうなところを見るとただの睡眠薬だったのかもしれねえ。けど悪意は感じるな。万が一、入浴中にでも寝てたらアンタ今頃生きてないぜ。ましてこいつがあったもんな」

そう言って伍《ウー》が取り出したのは例の偽遺書だ。

「こんなもん書いて死ぬような奴がいるとは思えねえが……館の中には型落ち品のパソコンとプリンターはあったからな。遺書を作るぐらいなんてことない」

良かった。一から説明しなくても偽遺書だと分かってくれたようだ。いや……そもそもあんな遺書、リッカなら書く筈がないと誰だって分かる筈だ。

まるで子供のイタズラみたいじゃないか……。

「もうじき夜が明けます。昼過ぎには迎えが来るので、それまで乗り切れば無事に帰ることができます」

そう言ってアンが出て行こうとすると、伍《ウー》もそれに続いた。

「というわけで俺らはこれから一睡もせずに警戒を続ける。なんかあったら大声出しな。すぐにすっ飛んでいくからよ」

明け方にアンと伍《ウー》が部屋を出て行ってから、全然眠れなかった。命を狙われたというのもあったが、未だに解けない謎が沢山あり、とても眠れるような気分ではない。

結局、朝食の時間になったので身支度だけして部屋を出る。早めに部屋を出たつもりだったが、食堂にはもうリッカ以外の全員が揃って、伍《ウー》の給仕を待っていた。

「おはようさん、リッカ」

口調こそ元気だが、よく見ると伍《ウー》の目の下には大きなクマができている。

「眠そうね。少し休んだら？」

既に着席していたジュリエットが軽く茶化す。そういえばジュリエットはあの後の出来事を知らないのだ。

「なーに、その気になりゃあと三日は起きてられますよ。まあ、いくらか安心して眠くなってるのは確かですがね。全員が目の届く場所にいる方がこっちとしては楽ですから」

その時だった。またあのリンゴンという呼び鈴が響き渡った。

「呼び鈴？　あれ……でも全員揃っているわよね？」

ドロシーが困惑した表情で言う。アーロンも眉を顰めている。

「もしやもう迎えが来たのかね？」

「そんな筈はありません。私の命令もなしに勝手なことをする者たちでは……」

「やっぱり外に誰かいやがるな。こんなふざけた真似するの、あの探偵ぐらいしか……ちょっと待ってて下さい。すぐに戻ります！」

伍《ウー》はそう断って一瞬だけ姿を消すと、またすぐに戻ってきた。

「大変ですよ。こんなタイミングで何ですが……地下室からシェリンガムの死体が消えてやがる」

「な、なんだって⁉」

アダムスカとアーロンがほぼ同時に発した。いや、こんなこと告げられて驚かない方がおかしい。

「そんな……いつからなの？」

不安そうに尋ねるハリエットに伍《ウー》はかぶりを振る。

「シーツで包まれてたので見落としてましたが、中身はただの丸太でした。いつから入れ替わっていたのかは不明ですが、材料なら外にいくらでもありますね」

「おまえに落ち度はない。私だって死者までは警戒できん」

悔しそうな伍《ウー》をアンが慰める。そんなアンにアーロンが尋ねる。

「だがアンよ、この状況をどう解釈する。シェリンガムが黒幕だと言うのかね？」

「残念ながらまだ判断材料がないので、何とも言えません」

「死んだと思った人間が息を吹き返したという話はたまに聞きますが……いや、待てよ」

伍《ウー》が重苦しい空気を攪拌するようにそんなことを口走ったが、何かを思いついたようだ。

「ちょっと変なことが閃いたんですが。昨日、アダムスカ様はモーリス様が死体と入れ替わっているのではないかと推理されましたよね？」

アダムスカは戸惑いながらもはっきり肯く。

「ああ。だが、あれは入れ替わるための死体が調達できないということで却下されたのだが……」

「逆に言えば、死体さえあれば入れ替われるわけですよ。そして地下室にはシェリンガムの死体があった……死体を盗み出し、死体の髪を金色に染めて、顔が分からない程度に魚に食わせりゃ完璧じゃないですか？」

伍《ウー》の推理にエヴァが「まあ」と声を挙げる。

「そんなむごいことをする人間が本当にいるのですか？」

「最早モーリスが生きていたとしても喜べないな。そうやって生き延びていたのなら外道も同然だ」

アーロンは哀しそうにそう告げるが、アンは目の動きで否定する。

「それらしい結論に飛びつくのは早計です。犯人はやはりシェリンガム氏かもしれない」

「誰であれ、こんな舐めたことをしやがった奴は探し出してキッチリ地獄を見せてやりますよ。手分けして外を捜索しましょう」

「伍《ウー》、客人を危険に晒す気か？　昼過ぎに迎えが来るのだぞ？」

だが伍《ウー》は食い下がる。

「姐さん、犯人をここに残して帰ってもそれで勝ちってわけじゃないでしょう。それにそんな決着は商会のメンツにも関わる」

部下に痛いところを突かれたせいか、アンは黙り込んでしまった。

「生き延びて帰れるだけでもありがたいが……それは迷宮入りと同じことだな」

「できれば私もモーリスの死の真相が知りたい」

アダムスカとアーロンがそれぞれの胸中を打ち明けた。両家のトップがそう言っている以上、捜索は決定事項だ。アンは渋々といった表情で伍《ウー》の案を受け入れた。

「では最後の数時間を捜索にあてようと思いますが、女性陣と子供たちを連れていくわけにはいきませんね……おっと、リッカは別だ。俺と一緒に来るよな？」

もしかして伍《ウー》に気に入られたのかな？

そう思いつつ、素直に肯く。伍《ウー》と一緒ならまあ大丈夫だろう。

「それなら私はここに残ろう。戻ってきた犯人が人質を取る可能性もあるからな」

アンが守ってくれるなら一安心だ。勿論、自分は捜索に加わる気でいた。

「捜索ですぞー！　僕も行きたいですぞー！」

「ちょっとケイン、駄目だったら……」

ジュリエットははしゃぐケインを御しきれない様子で、こちらに助けを求めてきた。

「ほら、リッカも困ってるでしょ？」

「リッカさん……僕、迷惑？」

ケインを連れて行くつもりなんてさらさらなかったが、潤《うる》んだ瞳でそう懇願されると拒否しづらい。悩んだ挙句、連れて行くという意思表示としてケインの手を取ることにした。

「わーいわーい！　犯人をやっつけちゃいますぞー！」

ジュリエットは信じられないほどの愚か者を見た顔になっていた。

「ああ、もう甘いんだから……でもそれがいいところね」

だが、そう言うジュリエットの表情はとても柔らかかった。

「そういうことだったらケイン坊ちゃんとリッカは俺が守りますよ」

「気をつけてね、リッカ」

そんなジュリエットの優しい声を背に、捜索隊と一緒に虚月館を出た。

捜索先は当然、虚月館の裏手にある例の森だった。人が暮らすには厳しい場所だが、だからこそ盲点かもしれない。

「で、では我々はこちらを捜索する」

アダムスカはカチコチになっている。荒事に向いていなそうなアダムスカが先陣を切ろうとしているのは、家長としての責任感からだろうか。

「一挺《いっちょう》きりとはいえ、猟銃があって助かったよ。まあ、私の腕では気休めにしかならないかもしれないがね」

そう言いながらホーソーンは弾倉を確認する。オオカミぐらいならあの銃でどうにか退けられそうだ。

「まあ、そんなことはありえないと思うが……もしモーリスを見つけたら命だけは助けてやってくれないか？　せめて真意を問い質したい」

アーロンの哀しいお願いを伍《ウー》は鼻で笑うでもなく、真面目な表情で受け止めた。

「……分かりやした。では、お気をつけて」

「ああ、君たちこそ」

アダムスカ、アーロン、ホーソーンの三人は森の奥に消えていった。三人の背中が見えなくなると、伍《ウー》はこちらを振り向いて笑いかける。

「じゃあ、俺らはあっちだ。猟銃はねえが、俺がいる限りそんなもんは要らねえよ」

「カンフー？　ジークンドー？　詠春拳《えいしゅんけん》？　是が非でも見たい腹づもりですなー！」

アチョーと叫びながらやたらめったら暴れるケインを伍《ウー》は少し寂しそうな表情で眺めていた。

「所詮《しょせん》は人殺しの技、見ても大して面白いもんじゃねえさ」

突然、背後の草むらがガサガサ鳴った。

「そこか！」

すかさず伍《ウー》が小石のようなものを投げつけると、「キャン」という情けない悲鳴が聞こえた。

「なんだ、犬っころかよ」

だが草むらから這い出てきたのは沢山のオオカミだった。縄張りを侵されたためか、それとも仲間を傷つけられた怒りか、みな一様に殺気立っている。

「獣だらけじゃねえか。悪い、リッカ。こいつら追っ払うのに少し時間かかるわ。間違いがあったらいけねえから、そこの坊っちゃんと一緒にどっか隠れててくれ」

そう言うや否や、伍《ウー》はオオカミの群れに飛び蹴りをかました。しかしオオカミも決して怯んではいない。巻き添えを食ったらえらいことだと、ケインの手を取り、安全そうな場所へ退避する。

「隠れます、隠れますぞー！」

ケインは相変わらずはしゃいでいる。こんなことなら連れてこなければ良かった。

「……やれやれだ。ここまでくれば大丈夫かな」

背後でケインがそんなことを言うので顔も見ずに肯く。誰のせいでこんな目に遭っていると思っているのだ。

「うん。このタイミングなら、何があっても不幸なアクシデントで済むからね」

ケインの喋り方がいつもと違うことに気がついて振り向くと、ケインの手には大振りのナイフがきらめいていた。

「驚いた？ ここまでのはずっと演技だよ。これが本来の僕。家族さえ知らないけどね」

思わず後方に小さく下がると、ケインは一歩ずつにじり寄って来る。少しずつでも距離を詰めて、一撃で仕留められる間合いにしたいのだろう。

「さて、あなたはここで死ぬんだけど、言い残しておくことはないかな？ こんな孤島で一人、寂しく死んでいく……考えただけでも可哀想だね」

確かにここで殺されたら、オオカミたちが喜んで食べてくれるだろう。

「それと……確かに僕は嘘つきだけど、自分以外の嘘つきは嫌いなんだ。特に僕の家族に近づく嘘つきはね」

どうやらケインも分かったようだ。だけど、自分からこの約束を放棄したくはない……。黙っていても殺される。しかし弁明してもケインが信じてくれるとは限らない。詰みだ。大声で助けを呼んでも伍《ウー》が来るまで間に合わない。

だったら、せめて取っ組み合いに持ち込むしかない。勝算はないが、ケインがもたつけばそれだけ誰かが助けに来てくれる可能性は上がる。やれることはやらないと。

そんな覚悟を決めた瞬間、草むらから人影が飛び出してきた。

「やれやれ、頃合いか。流石にそのイタズラは見過ごすわけにはいかないからね」

飄々とそう言い放ったのは……死んだ筈の自称名探偵だった。

探偵は無手だったが、ケインのナイフを物ともせずに斬撃も刺突も受け流す。まるで指導組み手でもしてるかのような気楽さだ。

「うっ……」

探偵はナイフを蹴り飛ばすと、そのままケインのみぞおちに突きを入れる。ケインは妙なうめき声と共に崩れ落ちた。

「とんだ悪童だね。少しだけおやすみだ」

そう言うと探偵は今度はこちらを見てにこりと笑う。まさか次の獲物を見て微笑んだというわけではなさそうだが……。

「やあ、リッカ・フジマール……いや、藤丸立香。怪我はないかね？」

その呼びかけでようやく目の前の探偵がシャーロック・ホームズその人であることに気がつき、思わず叫びそうになった。

もっとも実際は叫べなかったので、地団駄を踏み、ホームズの胸をポカポカ叩くしかなかったのだが。

「ああ、実にいいリアクションだ。ワトソン君には及ばないがね」

ホームズは叩かれているのにいい笑みを浮かべていた。このドッキリ大成功に心から満足しているのは明らかだ。

「君の頭の上に浮かぶ沢山の疑問符を消したいのだが、さて何から話すべきか……そうだな。最初に私がここにやって来た経緯から説明するとしようか」

説明してくれるというのなら、大人しく聞くべきだ。

ホームズから離れると、彼の話に耳を傾ける。

「私はね、君の夢の中の虚月館と現実のカルデアにどれぐらいズレがあるのかがずっと引っかかっていた。そして時間のズレ方によってはこちらから直接介入できるのではないかとも考えていたのだよ。そして君が満月の下でジュリエット嬢と語りあったという一件が大きなヒントになった。これは天文学に疎《うと》い私でも分かる、実に初歩的なことだ。君がカルデアで月を見て倒れたのは２０１７年の５月７日だ。五度目に目を覚ました時にはもう

8日にはなっていたが、それでもあの時点ではまだ5月の満月は出ていなかった。だから気がついたのさ、君が見ているのは数日先の未来だとね。それでこのような形で直接介入することを決意した」

つまり、この夢は未来の出来事……？

にわかには受け入れがたいが、そう考える他ないようだ。

「嘘だと思うなら後で月齢を調べてみるといい。２０１７年5月で満月が出るのは11日だけだ。未来を夢見ることができた原理は不明だがね。だが肝心なのは原理ではなく現状だ。そして逆算すると、虚月館で君がケインにボールをぶつけられたのは5月9日の昼過ぎということになる。その発想に至ったのが8日で君の夢の開始が9日……一日の猶予があったわけさ」

ということは初日に闖入《ちんにゅう》してきた探偵もまたホームズだったということになる。どうしてシェリンガムなんて偽名まで名乗って、助けに来ようと思ったのか……。

「君の疑問はよく分かるよ。実はどう介入しようかと考えていて、ふと気がついたのだよ。君が見たシェリンガムが、探偵という属性から私の姿を与えられただけの者という可能性がある一方、シェリンガムという名を名乗った私本人である可能性も完全には否定できないとね。ならば無理矢理にでも後者ということにしてしまえば当事者として大手を振って介入できるじゃないか」

そんな滅茶苦茶な！

「そんな顔をしないでくれたまえ。解決への道筋が存在するなら、私の踏む手順こそが正解になるのだよ」

流石は無謬《むびゅう》を体現する名探偵……しかしここまでとは思っていなかった。

「もっともここに辿り着くまで手続きが煩雑だったのは確かだ。ゴールディ家にシェリンガムの名でコンタクトを取り、脅迫状の件でカマをかけたらすぐに食いついた。勿論、先方もこちらを疑っているからこう返ってきた。『滞在先を突き止めて自力で辿りついたら雇う』とね。そこから先はクロスワードパズルみたいなものさ。アメリカからの移動時間、そして5月でも泳げる気候からカリブ諸島のどこかだとはすぐに分かった。ネックは虚月館の場所がどこかという謎だったが、それも虚月が三日月を意味すると思い出すまでの話。私は地図の中から三日月の形をした孤島を突き止め、何食わぬ顔で君たちの前に現れた。一つ一つはどれもイージーな手順だったよ。手こずったことといえばダ・ヴィンチの説得ぐらいだ。レイシフトを個人的に使用することになるからね。私はアメリカ現地にいるスタッフを仮のマスターにして……」

手で待ったをかける。この勢いでは放っておくと夜まで話しかねない。ホームズはともかく、リッカ・フジマールが孤島に置いていかれては元も子もない。

ホームズは少しだけ残念そうに肩をすくめる。

「君は本の途中を読み飛ばすタイプかな？　まあ時間もないことだし、私の冒険譚は割愛しよう。復活の説明は後で皆の前でするとして……」

「う、うーん……」

ホームズの言葉を中断させたのはケインの呻《うめ》き声だった。流石に殺してはいないと思ったが、すぐに目覚めるように絶妙な力加減で気絶させたのだろう。

バリツ、恐るべし。

「おや、悪童のお目覚めだ。ケインから話を聞こう」

目覚めたケインはホームズの姿をまじまじと見つめ、ようやく何があったのか思い出したようだ。

「ずるいや……死んだふりしてたなんて」

ケインは本気で悔しがっていた。

「君こそ、普通に喋れるじゃないか。お互い様だよ」

自分のインチキを棚に上げ、綺麗に切り返す。ケインはしばしむくれていたが、やがて諦めたように口を開いた。

「……まあね。演技だよ、全部演技だ。長男の僕はヴァイオレット家を継ぐ運命だ。だけど、僕はあんな世界の人間になりたくなかったんだ」

「だから跡継ぎにふさわしくないおかしな子供のふりをして生きることにしたんだね」

ホームズの言葉にケインは首を縦に振る。

「この演技のせいで家族に心配をかけたのは心が痛んだけど、僕はつまらないことで殺されたくなかったしね」

ケインの心配は決して杞憂ではない。抗争、下剋上、裏切り、あるいは単なる憂さ晴らしで、人の命が簡単に失われたりする世界だ。そこで生涯を全うするのは簡単なことではない。

「……だが、我が身可愛さに演技をしていた君が突然本性を露わにしたのはどうしたわけかな？」

「リッカさんが犯人だと思ったんだ。嘘ついてたし、他にあんなことする人が思いつかなかったから」

突然のご指名に驚いた。なんだってそんな風に思ったのだろう。

「あれもこれもジュリエット姉さんを助けるためにやったんじゃないかって。それ自体は感謝しているよ。僕だってモーリスは好きになれなかったし。でもクリスさんまで殺すのは違うじゃないか。姉さんのためじゃなくて、姉さんを独占するために、人を殺したのなら、いつか他の家族のことも殺すかもしれないと思ったんだ。だったら、僕がやるしかないじゃないか！　ナイフで脅せば本当のことを言うと思ったんだよ」

まさかそこまで思い詰めていたなんて……。

「安心したまえ、ケイン。リッカはそんな人間ではないよ。それはこの私が保証するよ」

「でも、犯人が他にいるわけないでしょう?」

「いや、ここは完全なクローズドサークルだ。そして我々の中に犯人はいる。最初からね。さて、ケイン。君に質問がある。君は自身の潔白を私に示すことができるかな?」

ケインは自信なげに肯いた。

「モーリスがいつ死んだのか分からないから最初の事件に関しては無理だけど、クリスさんの死んだ時間なら、もしかするとアリバイが成立してるかもしれない」

「ではあの夜の午後11時25分にどこにいたのか証明できるかい?」

「ローリーと空き部屋でかくれんぼしてたんだ。見つかったのは11時20分ぐらいだったと思う。かくれんぼしながら『リッカさんが嘘つきだ』って話をしてたから、ローリーも憶えていると思う」

「それを証明してくれる大人はいるかな?」

「僕たちを探しに来たドロシーさんだよ。ドロシーさんはあんなこと言ってたけど、寝ぼけてたんだ」

「その言葉が聞きたかった。お陰で説得に足る材料が揃ったよ。君には然るべきタイミングで証言して貰うさ」

ケインはまだ浮かない表情でこちらを見ていた。

「あの、僕の演技のことは……」

ホームズはウインクしてみせる。

「ああ、黙っておくよ。演技をやめるタイミングは自分で決めるといい」

ケインは泣き笑いのような表情で肯いた。

「さて、お二人さん。虚月館に戻ろうか。そろそろ幕引きの時間だ」


応接間に女性陣の悲鳴がこだました。

「きゃああああああ!!!」

虚月館に帰還したホームズを待っていたのは歓待ではなかった。いや、あんな退場の仕方で歓待されるわけがないが……悲鳴を上げなかったのはアンとローリーだけだ。

「実にオーバーなリアクションだ。しかしあの時のワトソン君ほどではない」

しかしホームズは満足そうに女性陣の様子を眺めている。

「何があった!?」

悲鳴を聞きつけて、外にいた男性陣も戻ってきた。

「マジかよ……生きてやがったのか」

伍《ウー》は構えた。ホームズのバリツと伍《ウー》の殺人拳法、どちらが強いのか興味がないと言ったら嘘になるが、今はちょっと遠慮して欲しい。

アーロンもホームズの姿を見て、顔色を変えた。見方によっては息子たちを見殺しにした大罪人だ。今更どの面下げて戻ってきたと思っていることだろう。

「シェリンガム、どういうことか説明して貰おうか」

「そうだ。内容如何《いかん》では、私も容赦しないぞ」

歳のせいかみんな肩で息をしているが、それでも家族を守ろうという気持ちだけは伝わってきた。ホーソーンは銃を構えずに、ただ状況の推移を見守っている。

「おっと、私は君たちの疑問に答えることができる。私を叩きのめすのは話を聞いてからでも遅くないのでは？」

伍《ウー》は舌打ちをして、戦闘態勢を解く。一流の探偵は説得も上手いようだ。

「さて、全員揃ったようだね。これでようやく初日の事件の説明ができる。早速だが今回の犯人は……」

「待って。どうして生きてるの？　脈は確かに止まってたじゃない？」

自身の生存についての説明を流そうとするホームズに対し、ジュリエットは全く納得が行っていない様子で食い下がる。

「それなら実に他愛のない話だよ。脇の下にボールを挟んで腕の血管を強く圧迫すると、血流が止まって脈も消える。古典的なトリックだが、正式には圧迫止血法というれっきとした医療テクニックだ。勿論、やり過ぎれば腕が壊死《えし》してしまうが、君たちを一瞬だけ誤認させる分には何の問題もない」

立て板に水のように喋られるとうっかり鵜呑《うの》みにしそうになるが、ホームズの説明には一つ大きな矛盾がある。

「いや、待って……それでもドクターはプロよ。お医者様を騙せる筈がないでしょう？」

「そう。だから、それが答えさ」

ホームズは事もなげにそう言い放つ。

「それってまさか……」

ジュリエットがホーソーンに疑いの眼差しを向けると、彼は申し訳なさそうな顔で口を開いた。

「ああ、私も一枚嚙んでるんだ。騙していてすまなかった」

道理でホームズに銃を向けなかったわけだ。

「先生、どうしてそんなことを……」

エヴァが当然の疑問を口にする。ホーソーンの協力があったことは最早明らかだが、おそらくは見ず知らずであろう探偵と手を組んだ理由はまだ開示されていない。

「その疑問には私の方から答えよう。ドクター・ホーソーンはここでは唯一の医者だ。死人が出れば彼が検死を任されることは自明の理だ。だから初日に一つ約束をしたのさ。もし私の偽装死に手を貸してくれたら、どんな事件が起きようと必ず解決してみせようとね。

何より、退場した私の存在は犯人にとって盲点になる」

実際、ホームズのお陰で命拾いしたわけだが。

「それは……必ず事件が起きると分かっていたような口ぶりではありませんか？」

アダムスカが訝しげに尋ねる。流石に信じきれないのだろう。

「最初から平穏無事に終わるとは思っていなかった、とだけは言っておきますよ」

「ホーソーン先生……こんな奴を信じて手を貸すなんてどうかしてやしませんか？」

伍《ウー》が忌々しげにそう言う。可愛い後輩のクリスを失っているのだから、当然の態度だ。

「こいつが本当に名探偵なら……」

「悲劇が起きる前に全てを防げた筈と言いたいのだろう？」

伍《ウー》は首肯する代わりに舌打ちをよこした。とことん嫌われたようだ。

「ミスター・伍《ウー》、私は起きてしまった事件を解決するのは得意だが、事件を逐一防ぐとなると途端に不得手になる。『犯人は創造的な芸術家だが、探偵は批評家にすぎない』とは上手く言ったものだね」

ホームズはそう嘯《うそぶ》くと、こちらに小声で何事か伝えてきた。

「君の見た夢から外れるような介入はできないと言ったところで彼らが納得してくれるわけもなし。こう言っておく他あるまい。もっとも、本来の私は創造的な批評家なのだがね」

そう言ってウインクしてみせる。この不遜さ、紛れもなくシャーロック・ホームズその人だ。

「探偵としての実力はともかく、やっぱりあんたのことは気に食わねえよ。先生まで抱き込んで、回りくどいことしやがって」

「抱き込むというのは正確ではないな。ドクター・ホーソーンが協力してくれたのは、彼自身も不穏な気配を感じていたからだよ」

ハリエットが心配そうな眼差しをホーソーンに注ぐ。

「ドクター、もしかしてあなた……」

「何も言うんじゃない！」

ホーソーンの狼狽振りときたらさながら犯人だ。既に彼を疑いの目で見ている者もちらほら現れ始めている。

「……いいかね、シェリンガム氏を糾弾するなら私にだって責任がある。せめて彼の仕事が終わるまでは黙って見守って欲しい」

ホーソーンは落ち着きを取り戻すと、そんな風にホームズを擁護《ようご》してみせた。

「お言葉添え感謝するよ、ドクター・ホーソーン。実際に見ると善良な顔つきをしているのもいい。彼が善人であることはこの私が保証するよ」

ホームズがそう言い終えるや否や、彼の背後にある大時計の鐘がボーンと音を立てた。正午の合図だ。

「おっと……もうお昼だ。いい加減、解決編に入らないと迎えが来てしまうね」

言葉を区切るタイミングといい、ホームズはまるで鐘の鳴るタイミングまで把握しているように喋ってみせた。お陰で既にその言葉がただのハッタリには聞こえなくなってしまっている。

「解決って……あなたには真相が分かっているというのか？」

「もちろんだ、ミスター・ゴールディ。私の頭の中には全てを説明できる推理がある。だが、それを口にする前に確かめておきたいことがある。皆、私についてきてくれないかな？」

そう言うとホームズは一同に背中を向け、さっさと部屋を出て行ってしまった。


ホームズが皆を導いた先はクリスの部屋だった。

「こんなところに何があるというのだ？」

アーロンが不可解そうに尋ねる。

「彼のダイイングメッセージの鑑定だよ。話を聞く限り、クリスは強い意志の持ち主だったようだ。だから、彼は必要な仕事ならたとえ死んでもやり遂げる」

「あんたに言われると腹が立つが……違いねえ。クリスの責任感の強さは俺も姐さんも知ってるからな」

「このメッセージ、本人は書ききったつもりだったが、血が足りなかったのではないかと思っている。だからこの試薬を使えば、血が足りなくてかすれた文字もはっきり読めるだろう」

ホームズは取り出した試薬を例の mor の文字を中心に塗布《とふ》した。すると程なくして、新たなメッセージが浮かび上がる。

「mor が……mom になったよ！」

無邪気な声を上げるローリーを横目に、ホームズは至ってクールな表情で mom の字を眺めていた。

「やはりクリスが書き残そうとしたのは mom だったか。私の推理を聞かせる前にこれを皆に見せたかった」

「mom って……あの mom であってるの？」

「そうだとも。あの mom だ。それを今から説明しようと思う」

ホームズはジュリエットの質問に答えると、一同を見回してこう告げる。

「さて、クリスが告発しようとしたのは……はたしてどの母親《m o m》だろうね？」

読者への挑戦

さて、解決に必要な手がかりは全て出揃った。真相らしきものが朧げにでも見えただろうか。犯人はある動機でモーリス及びクリスを殺害した。その動機に気がつけば犯人は自ずと分かるだろう。だが……実のところ、動機には思い至らずとも、犯人は分かるようにはなっている。

これを読んでいるあなたには特別にヒントを出そう。ここまでで何か違和感を覚えはしなかっただろうか。その違和感を吟味するもよし、曖昧に抱えて先に進むもよしだ。この『虚月館殺人事件』には興を削ぐような後出しの情報は一切ない。だから安心して推理して欲しい。

ただし『虚月館殺人事件』が尋常の事件ではないということは冒頭から提示されている。その点だけはゆめゆめお忘れなきよう。

終章

四日目

解決篇

The Kogetsukan murders ***day4***

ホームズの言葉に真っ先に反応したのはアーロンだった。

「クリスは mom と書き残そうとしていた……もしやアン、おまえがクリスを殺したのか？」

アンに動揺した様子はない。むしろ、その表情はどこか哀しげだった。

「いいえ。クリスには私が母親だということは伝えてません」

今の台詞でようやく二人の本当の関係が明らかになった。

「なんだか親しそうと思ったら……あなたたち、そういう関係だったのね」

ドロシーはどうにかヒステリックに叫びたいのを抑えているように見えた。だが、それでもアンは冷静に彼女の勘違いを訂正する。

「それはあなたがこの男と出会うよりもずっと前の話、とうの昔に済んだ仲ですよ。家族を持てば弱くなる……そんな思いからアンと名乗り、クリスとは他人でいたのですが……」

アンの言葉が嘘でないことは生前のクリスの反応からも明らかだ。

「クリスは自分の母親を知らずに命を落とした。そんなクリスに自分の母親を告発できた筈がない。むしろ母親を知らない彼が mom と書き残したのは、ただ犯人が母親という属性を持つことを我々に伝えたかったからだと解釈するべきだろう」

「待ちたまえ。クリスが遺した文字だけを推理の根拠とするのは、あまりよろしくないのではないかね？　受け取り手の匙《さじ》加減でどうとでも解釈できてしまう」

ホーソーンがもっともな疑問を口にするが、ホームズに揺れた様子はない。

「ふむ、ダイイングメッセージを推理の根拠にするべきではないというその意見にも一理ある。よろしい。では少しだけ遠回りするとしよう。消去法なら皆も納得するだろうからね」

「それはどういう意味ですか？」

アダムスカの疑問にホームズは片眉を上げる。

「クリス殺しのアリバイから犯人を考えてみようということさ。犯人は知るよしもなかったが、クリスは死の間際に愛用の懐中時計を壊していた。そして時計は午後11時25分を指して止まっている。クリスの死の状況から考えて、犯人は招かれていきなり彼を殺したわけでなく、いくらか言葉を交わすだけの間はあった……入室から殺害まで早く見積もっても五分か十分はかかったと見るべきだ。したがって11時25分の前後にアリバイがある者は除外してもいいということになる」

これ自体はクリスの検死が済んだ後に浮かんだロジックだ。だが結局、誰にアリバイがないのかははっきりと分からなかった。

もしやホームズだけが握っている新事実でもあるのだろうか？

「まずは容疑者を一気に減らそう。ポーカーをしていた者たちは除外していい」

「俺も勘定に入れていいんですかい?」

「勿論だとも、ミスター・伍《ウー》。互いにアリバイを保証し合ってるということが重要なのだからね」

「ってことは自動的にリッカもアリバイ成立だな」

積極的に自身の潔白を主張できない立場なだけに、伍《ウー》にはっきりと明言して貰えてほっとする。

「これで残りは六人だ」

「六人? 七人でなくて? ……あんた、まさか探偵だからって自分を除外してねえか?」

「戸締まりは厳重にしていたのだろう? 私が無理に侵入した痕跡があれば君が見つけていた筈だ」

ホームズなら痕跡も残さず、気配を消して館内を移動できた気がするが、言うと話がややこしくなるから黙っておこう。

「ったく、口の減らねえ探偵さんだこと。いいよ、じゃあ六人で」

「さて、ケイン。君のアリバイは?」

「その時間なら僕たち、かくれんぼしてたよ。ねえ、ローリー?」

ケインの問いにローリーは首を縦に大きく振る。

「うん。かくれんぼしてた……ベッドから抜け出してね」

「見つかったのは11時20分ぐらいだったよ」

「子供の言うことではあるが、互いにアリバイを保証できていると見ていいだろう。これで残りは四人」

ホームズによる〝あらため〟が済んでいないのはドロシー、エヴァ、ハリエット、そしてジュリエット。

この中でジュリエットだけが母親じゃない。多分。おそらく……。

「さてドロシー・ゴールディ、あなたには動機があった。そして何より、母親という属性も持っている」

「待ってよ、私は犯人じゃないわ！」

「そう、犯人ではない」

必死で身の潔白を訴えようとするドロシーにホームズは同意する。

「えっ？」

「大丈夫だよ、ドロシーさん。僕たちを見つけてくれたでしょ？　あれがちょうど11時20分だったんだよ」

先ほど森の中で言ったことの繰り返しだが、ドロシーにはアリバイがあった。

それを聞いたドロシーは恥ずかしそうに頭を掻く。

「あっ……私、寝ぼけてたみたい。そんな出来事があったことを完全に忘れてたわ」

いや、そんな大事なことを忘れないで欲しいのだけど。

「ケインは自分のアリバイを保証できる大人がいると言っていた……それがローリーを探しに来たあなただったんです。さて、残りは三人……」

それにしてもさっきからやきもきさせるような話運びばかりして……もしかしてホームズはサディストではないだろうか。

真犯人はともかく、ジュリエットが犯人でないことを先に明言してよ！

「……リッカの視線がうるさいので、予定を変更して先にミス・ジュリエットのアリバイに言及しようか。だが彼女には他人から保証されたアリバイがあるし、私もその妥当性を疑っていない。ひとまずそういうことにして話を先に進めさせてくれないか？」

ホームズは段取りを崩されてちょっとだけ不満そうだ。

それにしてもジュリエットが犯人でないことが確定したのは良かったが、現時点で容疑者はエヴァとハリエット……どちらが犯人でもジュリエットは胸を痛めるに違いない。

なんて厭な事件だ。どうしてこんな惨劇が起きてしまったんだろう……。

「さて、残るは二人だが……もういいだろう。何故なら一方は自身の無実を知っているからね。必然的にそうでない方が犯人だ。さて、ミス・ジュリエット、事件の夜は誰と一緒だったのか？」

ジュリエットは明らかに答えを躊躇っていた。自分の言葉がそのまま、家族への死刑宣告になることが分かっているからだろう。

「……妹よ。まさか……ああ、なんてことなの」

ハリエットにもアリバイが成立。そうなると犯人はもう……。

エヴァが悲しそうな顔で家族を見ている。もう観念したのだろうか。

「犯人は両家が結びつくこと自体には反対していない。それが必要なことだと理解していたからだ。だから現にケインもローリーも無事だ。この二人は両家の同盟に必要だからね。だが一方で犯人は破談になるリスクを二回も冒してまで殺人に及んだ。ここに動機を解明する鍵がある。犯人にとってジュリエットの婚約はそれほどまでに許せないことだったようだね」

「でも……ママにモーリスやクリスを殺す動機なんてあるわけないでしょ！」

ママ……そうだ、エヴァにあんなことをする理由なんて……。

「それがあるのだよ。これは極めてシンプルな問題だ。あなたとモーリス、あなたとクリスでは許されなくて、ケインとローリーなら許される理由は何か？」

「組み合わせが問題だったって言うの？」

「その通り。何故なら……あなたの本当の父親はそこにいるアーロン・ゴールディなのだから」

ああ、どうしてこの真相が思いつかなかったのだろうか。それならば確かに動機になる。

「嘘……」

ジュリエットは沈痛な面持ちでエヴァとハリエットを交互に見比べる。アーロンと不義をなした母親とアーロンの血を分けた妹……エヴァも耐えきれなかったのか、顔を伏せてしまった。一方、ハリエットは石になったように動かない。

「ミス・ジュリエット、殺された彼らはどちらもあなたの異母兄弟ということになる。すなわちインセスト・タブー……まあ許されない婚姻《こんいん》だ。しかしそれはあなたの母親だけが知っている真実だった。だから一人で抱え込むしかなく……結果、殺人に至った。違いますか？」

ホームズの犯人への呼びかけに、エヴァはその場に崩れ落ちた。彼女の心中を思えば無理もないことだ。

「どうしてこんなことに……」

エヴァは絞り出すような声で何事かを口にしようとしていた。せめて聞き逃すまいと、必死に耳を傾けてみた。

だがエヴァのその言葉は予想外だった。

「……ねえ、母さん？」

何故なら……そう言ってエヴァが見つめていたのはハリエットだったからだ。

「犯人はハリエット・ヴァイオレット、あなただ」

ホームズの言葉でようやく自分がとんでもない勘違いをしていたことに気がついた。

まさか……エヴァでなく、ハリエットが母親だったなんて！


「そんな……わたしが書いたヴァイオレット家の相関図に間違いがあったんですか⁉」

ホームズが去ってしばらくした後、モリアーティはおもむろにマシュの相関図の誤りを指摘した。

「答え合わせをしたわけではないけど、きっとアダムスカの妻がハリエットで、その娘たちがジュリエットとエヴァさ。そう考えないと辻褄が合わない場面があったしね」

「でもわたしは先輩の言う通りに描いただけで……間違いがあれば先輩だっていずれは気がついた筈です」

モリアーティは首を横に降る。

「ところが、気がつかない可能性が高いのだよ。立香君はカルデアのミームに浸かりすぎているからね。そうだねマシュ君、例えばキミがランスロット氏を見た時、どんな属性を思い浮かべる？」

「……ギャラハッドさんのお父さん、でしょうか」

マシュは少し照れつつそう答える。だがギャラハッドの父親がランスロットというのは確たる事実で誤りではない。

「つまりはそういうことだよ。似たような連想が立香君にも働いたと考えなさい。ステンノの顔をした女性が『妹がいる』と言えば、自然とエウリュアレが妹だと思うだろう？」

「あぁっ！」

マシュもようやくモリアーティの本当に伝えたかったことに気がついたようだ。

「源頼光の姿を割り当てられたエヴァも同様、彼女は母親としか思えなくなる。勿論、立香君の事情を知る由もないし、そもそもジュリエットに騙す意図はなかっただろう。要は勝手に勘違いしたままここまで来てしまった……ただそれだけの話さ」

「ですが……ほら、アダムとエヴァでしょう⁉」

「ほう？」

大筋では自分の勘違いを認めつつも、マシュはまだ食い下がる。

「名前的にはアダムスカとエヴァが夫婦、ジュリエットとハリエットが双子じゃないですか。その組み合わせがちぐはぐなのはなんだかこう……納得がいきません！」

しかしモリアーティはマシュの必死の訴えを受け流す。

「双子の名前は両親の名前に因《ちな》んでつけたのだろう。すなわちハリエットからとってジュリエット、アダムスカからとってエヴァだね。ほら、何もおかしくはなかろう？　……っ

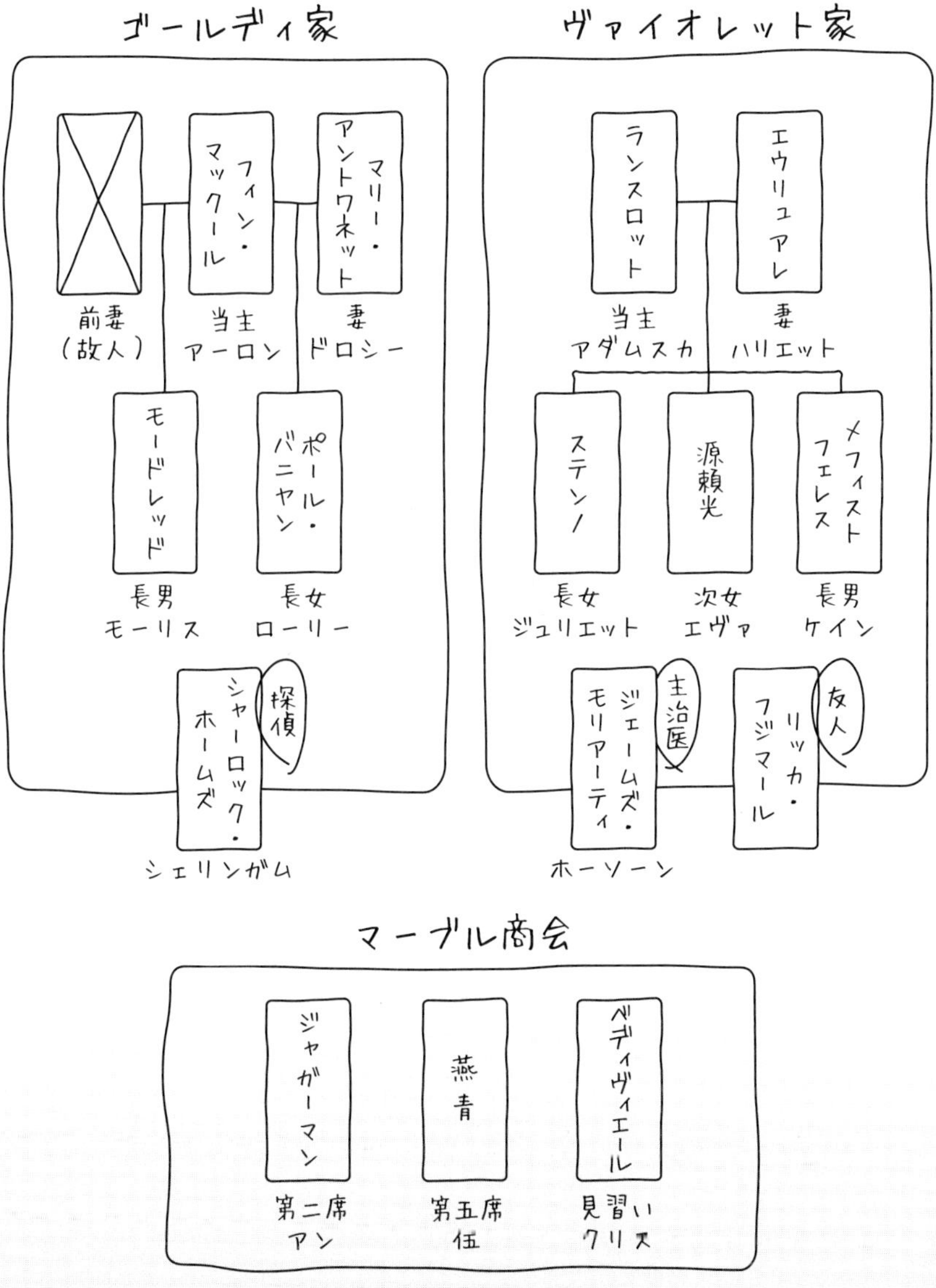

ゴールディ家
前妻
（故人）
フィン・マックール
当主
アーロン
マリー・アントワネット
妻
ドロシー
モードレッド
長男
モーリス
ポール・バニヤン
長女
ローリー
シャーロック・ホームズ
探偵
シェリンガム
ヴァイオレット家
ランスロット
当主
アダムスカ
エウリュアレ
妻
ハリエット
ステンノ
長女
ジュリエット
源頼光
次女
エヴァ
メフィストフェレス
長男
ケイン
ジェームズ・モリアーティ
主治医
ホーソーン
リッカ・フジマール
友人
マーブル商会
ジャガーマン
第二席
アン
燕青
第五席
伍
ベディヴィエール
見習い
クリス

て私は一体誰の代弁者なのだろうかね」

「でもハリエットさんはジュリエットさんのお母さんで……その年齢差で姉妹と間違うのは無理がありませんか？」

「そうだろうか。『モーリスはモードレッドの外見をした男性だった』が成立するなら、立香君が見ている姿と実際の姿に乖離があることは明らかだ。ならば外見と実年齢も一致しているとは限らないだろう」

マシュはこめかみを押さえて目を瞑る。

「なんだか混乱してきました」

「一番混乱しているのはホームズに突然真実を浴びせられた立香君だろうね……あの男には肝心なことを最後まで伝えない癖があるから」

「……先輩もホームズさんも人が悪いです。いや、あの二人に悪意がないのは分かってますけど、こう、なんというか……」

マシュは少しむくれる。モリアーティはそれを温かい目で眺めていたが、

「まあ、立香君は一つ肝心なことを言い忘れたようだが……そっちは些末なことだったね」

「えっ、この人物相関図にまだ誤りがあるんですか？」

マシュがもう何も信じられないといった様子でホワイトボードを見つめる。だがモリアーティは優しく訂正する。

「いや、その図に他の間違いはないよ。リッカ・フジマールが〝友人〟というのは嘘ではないし。まあ、ホームズが見落とす筈もないか。何せ、直接確認しているわけだしね」

「すみません、焦らさないで教えて下さいよ」


ハリエットが犯人……ホームズの口からその事実が告げられると、ヴァイオレット家の人々の口から堰《せき》を切ったように愁嘆《しゅうたん》が溢れ出した。

「嘘だろう？　嘘だと言ってくれハリエット！」

「どうしてなの、母さん？」

人の死を散々見てきた筈の伍《ウー》も呆然としている。

「マジでこの人がクリスをやったのか？」

みな思い思いに何事かを口にするため、もうホームズが推理の続きを話せるような状況ではない。混乱が収まるまではもうしばらく時間がかかりそうだ。

「やれやれ、急に騒がしくなったね。ただ、君の答え合わせをするには最適の状況だ」

ホームズがこちらにだけ聞こえるようにそう言う。

「手がかりはあっただろう。そうだな……エヴァにアリバイを尋ねた際の会話を思い出してみたらどうだろうか」

そう……あの時は確かメモに「ところでお母様は昨夜何をされていましたか？」と書いてエヴァに見せたのだ。

「妙なことをお尋ねになるのですね。母は早くに休みましたよ。午後10時か11時……ごめんなさい。時間まではっきり思い出せません」

あれは……ハリエットのアリバイを訊かれたと思ったのか！

カルデアの頼光さんはいつも自分のことを母って言うものだから、つい勘違いしてしまった。

「ほら、思い当たるところがあったようだね。そして一つ気がつくと連鎖的に気がつくのさ……」


「あら、こういうことで無精したら駄目よ。潮風で髪がベタベタするでしょう？」

エヴァがその長く綺麗な髪の毛をかき上げる。恐ろしい説得力だ。

「私はビーチに出てなかったから別に大丈夫よ」

そんな彼女たちのやりとりをホーソーンは目を細めて眺めている。

「双子でも性格がこうも違うとは……面白いね」

「アリバイがあるって言っても、そんなのアテになるのかよ。まあ、どこの家とは言わねえけどさ」

唐突に聞こえよがしのことを言ってきたのはモーリスだった。暇を持て余しているせいか、こちらに絡む気満々のご様子だ。

「あと双子同士で上手いこと入れ替わって……とか、そういうトリックもあるだろ？　どこの家とは言わねえけど」

「……いや、流石に間違えねえですよ？　間違えるわけないじゃないですか」


「……双子ってのは面白いなぁ」

ヴァイオレット家のやりとりを黙って眺めていた伍《ウー》がぼそりと言う。

「そう？　双子って言っても私たちは二卵性だから、あんまり似てないと思うんだけど」

「おっと、聞こえてましたか。いや、悪い意味で言ったわけじゃありませんよ。天涯孤独の身なんでそういう結びつきに憧れちまうんですよ」

だが伍《ウー》の意見には同意だ。母親のエヴァが水着で泳ぐ一方で、ジュリエットもハリエットもビーチパラソルの下から動かない。これもまた双子の面白さか。

「まあ、性格的にはママと妹の方が似てるかな。二人とも自由奔放だし……たまに羨ましくなっちゃう」

「真面目なところはパパに似たんだな」

「はいはい。そういうコトにしておきましょう」

虚月館での色んな場面が一瞬でフラッシュバックした。

「まあ、騙し絵と同じ原理さ。最初に焼き付いた錯誤は容易には消せない。そして人間関係の錯誤さえなければとうに解決できていた事件でもある。君からしたらハリエットのアリバイはジュリエットによって、エヴァのアリバイは自己申告によって、それぞれ保証されていた筈だった。ところがエヴァとジュリエットが一緒にいた以上、ハリエットのアリバイは不成立、そしてクリスの懐中時計のことはハリエットも知らなかった。あれさえなければ結果はまた違ったかもしれないがね」

おそるおそるハリエットを見る。先ほどまで石像のように動かなかった彼女は、既に不敵な笑みを浮かべてこちらを睨んでいた。あれは臨戦態勢、少なくとも彼女はまだ罪を認めていない……。

「なかなか面白い推理ね、名探偵さん？」

ハリエット・ヴァイオレットは腕を組み、宣戦布告のようにそう言い放った。

シェリンガムが私について語ったことは一分の狂いもなく事実だった。

思えばこの男には最初から翻弄《ほんろう》されっぱなしだった。シェリンガムが死んだと聞いた時は私の他にもこの婚姻を望まない者がいるのだと思ったが、お陰でみな警戒して随分と動きづらくなってしまった。後で考えると、あれもシェリンガムの策の内だったのだろう。だからこそ、モーリスと二人きりになったタイミングで身体が動いてしまった。警戒状態だったからこそ、貴重なチャンスを見送りたくなかったのだ。もしや、私のそんな心の動きまで見越して死んだ振りを演出したのだとしたら……この男の追及をかわすことは不可能だろう。

それでもここで負けを認めてしまっては、これまでの努力が全て無駄になってしまう。

虚勢でもいい。何か言わないと！

「なかなか面白い推理ね、名探偵さん？」

散々考えて出てきたのが定番の台詞で、内心失笑してしまったが、嘘でも意地を張ったお陰か闘争心が湧いてきた。

シェリンガムの偽装自殺が凶行のトリガーになったにせよ、そんな先のことまで読んで行動するのは人の身には不可能だ。相手も同じ人間ならミスもする。それに賭けてみよう。

「それでも私が犯人という根拠が弱くないかしら？」

私は戦うことに決めた。最早誰もが私の有罪を疑っていないのは明らかだけど、それでも逃げ切ってみせる。

「ほう？」

「確かに私には動機がある。けど、アリバイがないってだけで犯人と決めつけるのは乱暴じゃない？」

「なるほど……あなたの言うことにも一理ある」

シェリンガムは口の端を上げて笑った。それは獲物に照準を合わせたハンターの笑顔のようで、堪らなく不快だった。

「では敢えて触れなかったリッカ・フジマールへの殺人未遂についても語らなければなりませんね」

シェリンガムの言葉に皆がざわめく。睡眠薬を飲み物に混ぜたのは事実だがリッカが生きている以上、今更告発の材料にはなり得ない筈だ。

「昨夜の晩餐中、リッカは何者かによって睡眠薬を飲まされた。幸い、昏倒するタイミングが良かったお陰でリッカは無事だったが、タイミング次第では命を落としていた。無論、それだけでは大したことではないが、実はリッカの部屋からは遺書が見つかっている。真犯人が隙あらばリッカを自殺に見せかけて殺し、その罪を逃れるための仕込みだと見て間違いないだろう」

私が虚月館に残されていた古いパソコンを使って印刷した遺書だ。回収されたのは計算外だったけど、遺書に手がかりは残していない。

「そう？　でもそれと私に何の関係が？　もしかして私がリッカ君に薬を飲ませたという

証拠でもあるの？」

薬はかなり慎重に入れた。痕跡が残っていたとしても私がやったとまではバレていない筈だ。そしてバレていないからこそ、こんな回りくどい告発をしているのだ。

何より……バレていたらマーブル商会の二人がとうに私を拘束している筈だ。

シェリンガムは笑みを浮かべる。

「確かに、あなたが睡眠薬を盛った証拠はない……この局面でブラフと読み切ってオリないのはなかなかハートが強い。ポーカーをやってみては？」

やっぱり、負け惜しみの笑顔ね。

「褒め言葉として取っておくわ」

凌《しの》ぎきった……とは到底思えない。だが、即詰みの状況を逃れたことには興奮した。地獄から天国という昂揚、人生で初めてかもしれない。

「しかし今のはあくまで布石でしてね。私が考えて欲しいのは何故、偽の犯人役としてリッカ・フジマールが選ばれたのか……そこでしてね」

「どういうことかしら？」

「あなたが真犯人だったとして……偽の犯人役としてはゴールディ家でもヴァイオレット家でもない者が望ましいだろう。せっかく同盟が成立しても、遺恨が生じかねないからね。となるとドクター・ホーソーンかリッカが適任ということになるが……あなたとしては昔馴染みのドクター・ホーソーンを手にかけたくはない。だから消去法で娘のボーイフレンド氏をターゲットにした」

「ママ……本当なの？」

ジュリエットの声が耳に痛い。

リッカをジュリエットのボーイフレンドとして好ましく思っていたのは本心だ。だけど背に腹はかえられない。リッカとの死別がどれだけ辛いことでも、いつか時が癒やしてくれる。

もちろん、そんなことはおくびにも出さず、私は抗弁する。

「私がリッカ君を手にかけたですって？　彼は娘のボーイフレンドよ。そんなひどいことできるわけないでしょう？」

部屋の空気が急に冷えた気がした。

理由は分からないのに、なんだか取り返しのつかないことを言ってしまった気がする。

「……人間というのはどんなに関連性のないものにも、意味を見つけてしまうようにできているからね。まあ、身も蓋もない言い方をすれば錯誤、錯覚だ」

シェリンガムはそう言うとすぐ私以外に視線を配る。

「この中で、気がついていた者は？」

シェリンガムがそう尋ねると、なんと私以外の全員が手を挙げた。

事前に申し合わせていたわけでもないだろうに……これはどういうことだろう。

「私はビーチでリッカさんに触れた時に気がつきました」

「私は、廊下で両肩を触った折に……でもハリエットもそれぐらいは知っていると思っていた」

まずエヴァとアダムスカが躊躇いながらそう言った。その口ぶり、聞いていて堪らなく不安になる。

私は何を見逃していたというの？

「私は割と最初から……モーリスがリッカに絡んだ時に気がついたの。モーリスも気がついたみたいだったから」

そう答えたのはドロシーだ。

「ええっと、僕はボールで気絶したリッカさんを運ぼうとした時に……」

「うん。ケインお兄ちゃんが教えてくれたあのことだよね？」

ケインとローリーでさえ知っていたという事実に身体が震えた。

「俺はビーチに運んだ時にな。まあ、姐さんには報告したけど」

「ふん、それぐらい歩幅や歩き方で分かるだろう」

当然のように伍《ウー》とアンも知っていたようだ。

「おそらく私が一番遅かったのではないかな。酔ってジュリエットと会話を交わした時に、一緒にいたリッカの魅力に気がついたのだ」

アーロンまでもがそんなことを言う。一体どういうことだ。

「……どうやら知らなかったのはあなただけのようですね」

「知らないって……だから何のことよ？」

私は思わずジュリエットを見る。

ジュリエット。私によく似た、けれども清純な可愛い娘。だからこそ大事に育ててきた。

だからこそ手を汚した……。

「ねえ、ジュリエット？　あなたも知ってたのよね？　どうして教えてくれなかったの？」

だがジュリエットは答えない。

「娘さんを責めるのは筋違いですよ。まあ、方便でも嘘をつきたくないことというのは誰にでもあります。そう、私にだってある。よく考えればあなたにも気がつけた筈ですよ」

「だから何のことを……」

「私がリッカを頑《かたく》なにミス・リッカと呼ばなかったという理由を考えればね」

その瞬間、何かが繋がった。

「まさか……」

リッカは私の前に出ると、首に巻いていた包帯を取り、シャツのボタンを外した。隠されていたものが露わになり、全ての疑問が氷解した。

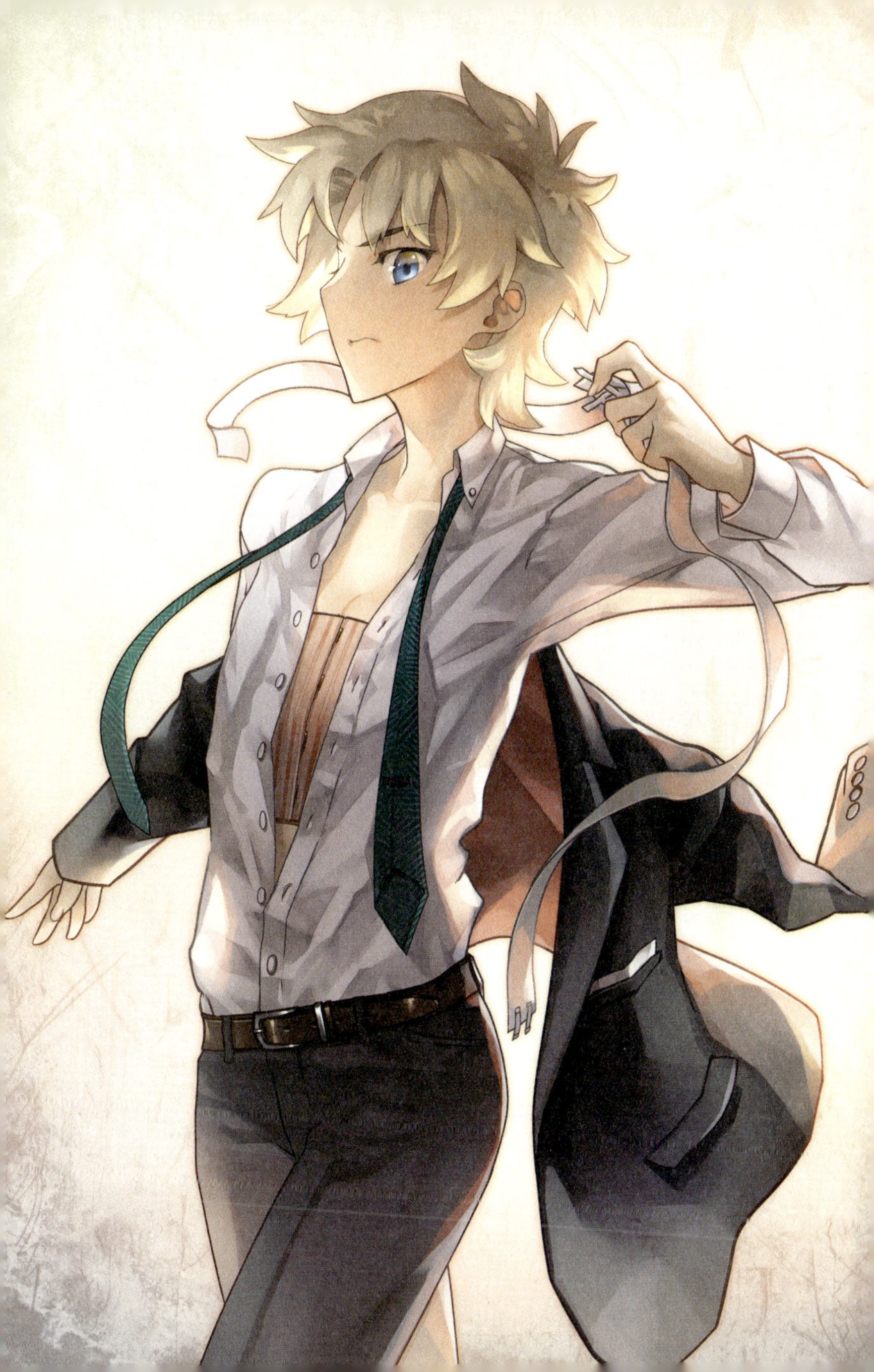

そうか……まさか、そういうことだったなんて……。

駄目押しをするように、ジュリエットは悲しそうな表情でその事実を告げた。

「ママ……リッカは女の子なのよ」


カルデアのマイルーム……眠り続けている立香の傍らで、マシュとモリアーティは事件について熱いディスカッションを続けていた。

「え、リッカさんが女性⁉」

「そうなんだよ。そう考えないと説明がつかないことばかりだ」

「いや、確かにその……やけに親密だとは思いましたけど」

マシュは驚いて、声が出せないようだった。なのでモリアーティはそのまま説明を進めることにした。

「ジュリエットはリッカが話せない理由を『声帯を痛めていて、声が出せないから』と説明した。しかし現実には時折、発声していたよね？　これはつまりジュリエットが嘘をついていたということになる。実際、カルデアでの推理を共有する際にはリッカも普通に口頭で説明していたようだね」

「それはわたしも引っかかってはいたのですが……でもどうしてそんな嘘を……あっ！」

マシュはついにその理由に思い至ったようだ。

「そうだよ。だって発声したら性別が分かってしまうだろう？」

「あ、ああ……」

「首に包帯を巻いていたのも、男性なら当然ある喉仏がないことを隠すためさ」

よくよく考えれば明白な事実を突きつけられ、マシュは言葉が出てこないようだった。

「ただ、そんな工夫は付け焼き刃に過ぎないよ。そもそも完璧な女装、完璧な男装というのはなかなかに難しいんだ。デオン君やらアストルフォ君なんてのは例外中の例外さ。声を出さなくても、ふとした時の物腰や接触でバレてしまう。リッカと実際に接触した人たちは遅かれ早かれ彼女が女性だと分かった筈だ」

「だったら、これが事件の行方を左右するようなことはないと？」

マシュの素朴な疑問にモリアーティは大きくかぶりを振って答える。

「どうだろう。でも現実の犯罪は、そんなどうでもいいことが案外決定打になったりするのだよ。犯人がそこでミスを犯したとして……間違っても見逃してくれるような男ではないだろう？」

「リッカはいつも一緒にいてくれた子でね。本当に素敵で格好いい友達だったの」

ジュリエットが語り始めた。

「私のこともよく見ていてくれててね。学校で私の様子がおかしいことに気がついたリッカに問いただされて……それで私が望まない婚約旅行に行くって知って、リッカは同行を申し出てくれたの。ボーイフレンドという形で参加することで、ヴァイオレット家には抗議、ゴールディ家には牽制《けんせい》になる筈だからってリッカに言われて……」

「……まったく、学生さんの浅知恵だね。まあ、俺もリッカの心意気はなんとなく理解してたし、吹聴《ふいちょう》して回るほど野暮じゃなかったがね」

伍《ウー》の言う通りだ。こんなことに大した意味はない。どのみち、リッカに婚約を止める力なんてありはしないのだから。

「こんなの、大人が本気になれば簡単に剝がれる嘘だったけど……私は本当に嬉しかった。何より、心を許せる人が一緒にいてくれるって言うんだもの……だから私もリッカの提案に本気で乗ることにしたの。流石に診察ではドクターを騙すことができなくて秘密を明かす羽目になったけど、ドクターは最後まで黙っていてくれたから」

「……約束は守るさ。たとえどんな結果になろうともね」

ホーソーンは少しだけ後悔したようにそう言った。

いつだって隙あらば私の機嫌を取ろうとするホーソーンが、リッカの性別を教えてくれなかったのはジュリエットに固く口止めをされていたからだろう。彼は私と同じくらい、娘にも甘い。

虚月館に来てからはたまにどちらかの部屋で二人きりになっているのも知っていた。それは恋人同士だからそうしているものだとばかり思っていたが、実際には男装が崩れないようにするため、あるいは作戦会議をするためそうする必要があったからか……。

「お見受けしたところ、あなたは生粋の異性愛者で、若い頃は随分とおもてになったようだ。だからこそ、自分の娘が男装させた女友達を連れてきたとは疑いもしなかった」

シェリンガムにそう言われて私はようやく我に返る。

「そ、それがどうしたのよ？」

リッカ・フジマールが女性だと知って確かに動揺はしたが、それで罪を認める必要なんてどこにもない……筈だ。

「ジュリエットのボーイフレンドが女だったことを知らないぐらいで鬼の首でも取ったかのように言わないでよ。あんなに親密なら誰でも勘違いするわよ」

だがシェリンガムは怯まない。

「ご自分で書いた遺書のことをお忘れかな？　この遺書ではリッカは男性としてモーリスやクリスへ嫉妬したことを訴えているが、リッカが女性である以上、自分でこんなことを書く筈がない」

ああ、そうだ。これは決定的なミスだ……。

「またリッカを女性だと知っていた者も同様だ。リッカを男性と認識していたあなたにしかこの遺書は書きえなかった……」

シェリンガムはチェックメイトでも宣言するようにそう言った。

若い頃はいつも従順で無害なボーイフレンドをキープしていたし、みんな私のために命を捨てても惜しくないような男たちばかりだった。だからこそ、リッカが女性だなんて考えもしなかった。きっとこれが探偵の言う錯誤というやつだろう。

……なんだか、ホーソーンをずっと都合良く扱ってきた報いを受けたような気がする。

「しかしアーロン、とんだ名探偵を呼び寄せたものね？」

今更、もう言い逃れができないのは分かっているが、嫌味の一つぐらいは言いたくなる。

きっとシェリンガムさえいなければこうはならなかった筈だ。

「まさか本当にあなたが殺人を……いや、思い出した。二十年前のあの夜、確かに彼女はハリエットと名乗った！」

よかった。アーロンの中で私が忘れられない女になっていたのは少しだけ嬉しい。

「私も余計なトラブルには巻き込まれたくないから、ヴァイオレットの名前は隠して遊んでいたけどね」

「それでも血は争えぬよ……道理でジュリエットに見覚えがあったわけだ。あの時のあなたによく似ていたから……」

「アーロン、あなたと過ごした一夜はとても楽しかった。それ自体を後悔していたわけじゃないの。本当よ。でもね……その結果、私はジュリエットとエヴァを身籠《みごも》ることになったの。色々あって、気がついた時には手遅れで……両親はアダムスカとの縁談を強引に決めたの」

「私は全部納得して君と結婚したんだ。何も気に病む必要はない！」

アダムスカは必死の形相で叫ぶ。今から私が選ぶ道を薄々分かっているのかもしれない。

過ちは数多く経験したけど、あなたとの結婚を後悔したことはない。素敵な父親であり、最高の夫である、私のアダムスカ。

「ありがとう、アダムスカ。あなたのそういう優しいところ、本当に好きよ。そうね、両親にもあなたにも本当の父親のことだけは言えなかったわ。だってそんなことをすれば私のパパは怒って、ゴールディ家に戦争を仕掛けてたと思うから。でも二十年前の私の嘘に、まさかこんな利子がつくなんてね……」

本当に高い利子だった……。

二日目の昼、モーリスは私の呼び出しに素直に応じてくれた。

「なんだよ、ハリエットさん。こんなところまで来るなんて」

北の断崖を選んだのはただ人目を避けたかったから……決して最初から人殺しをするた

めに呼んだわけではなかった。

「これはお願いなんだけど……ジュリエットとの婚約を考え直して欲しいの」

「はあ？　いきなりなんだよ、それ。で、理由は？」

「……悪いけど、それは言えないの」

血の繋がった者同士だから、なんて言える訳がない。

「訳わかんねえ……でも、だったら別に妹のエヴァでもいいぜ。俺としてはむしろあっちの方がタイプだ」

「残念だけどエヴァも駄目なの」

モーリスは舌打ちをする。

「で、理由は？」

「……それも言えない」

苦渋の末の黙秘だった。だがモーリスはこれ見よがしに溜息を吐いてみせる。

「ったく、ありえねえ。ヴァイオレット家ってみんなあんたみたいなのか？　親父もビビってないで、適当に理由作ってさっさとブッ込みゃ良かったんだよ」

その返事でモーリスとは決して分かり合えないことを悟った。

こんな男に真実を教えたらどうなるか……最悪、両家は全面戦争になる。やっぱり、ここから突き落として殺すしかない。

決断してからの行動は早かった。

「ねえ、モーリス。あそこに船が見えない？」

モーリスは私が指を差した方向を素直に向いて、目を凝らしつつ船影を肉眼で捉えようとする。

「はあ？　こんなところまで来る船なんて……」

私はその無防備な背中を力一杯押した。


クリスの時もすんなりと行きすぎた。まるで運命が「殺人をしろ」と言っている錯覚に陥りそうなほどに……。

「婚約を考え直して欲しいと？」

二日目の夜、部屋を訪れた私をクリスは何も疑わずに中に通してくれた。

「そうなの。あなたなら分かってくれると思って」

「つまり、それはジュリエット様には心に決めたお相手がいるということでしょうか？」

「そう取って貰っても結構よ」

なんとなくクリスならモーリスと違って話が通じると思った。だけど、私のそんな淡い期待はすぐに裏切られた。

「しかし私はもうアーロン様の後継者です。この婚約がアーロン様の望みなら、従うだけです。申し訳ありませんが、この申し出は……」

駄目だわ。この子は何を言っても意志を曲げない。

次の瞬間、もう殺すしかないと思った。殺人はモーリスだけで終わりにしようと思ったのに……。

「そう……それは残念ね。ところでクリス、ちょっと手を出してくれない？」

「それは構いませんが……」

「ありがとう」

手を取るふりをして、隠し針のついた指輪でクリスの手を刺した。針の先に塗ったのはヴァイオレット家でたまに使用される毒だった。

「ハリエット様、何を？」

結局、それがクリスの言葉を聞いた最後になった。すぐに身体の自由が利かなくなったようで、クリスはうつ伏せに倒れる。

「……さよなら」

念のためにもう一刺し見舞い、素早くクリスの部屋を後にした。

「……こういう世界に生きてるからね。何があってもいいように毒を持ち歩いていたの。でもこんな形でクリスに使う羽目になるなんてね……」

もう語るべきことは語った。私の負けだ。

「ママ、私のためにそんなことを……」

そうだ。これだけはちゃんと伝えておかないと。

「いいのよ、ジュリエット。あなたには何の責任もないんだから。責任があるのは私。だから償うのも私だけでいい」

いま思うと妊娠に気がついた時に父親に打ち明ければ良かったのかも。もしかしたらアーロンと結婚していた今もあったかも……そうしていたら少なくともこんなことにはならなかった筈だから。

ふと苦しそうな表情で私を見てるアダムスカと目が合った。

「君の苦悩に欠片でも気がついていたら、私だって別の方法を考えただろうに……いや、私も同罪だ。妻の苦悩は夫の苦悩でもある。せめて一緒に罰を受けよう」

「ありがとう、アダムスカ。やっぱりあなたは最高の夫だったわ……」

そう言いながら私は忍ばせていた指輪の隠し針を自分の手に刺した。覚悟が決まっているせいか、少しも痛くなかった。

失敗は失敗でも、せめて終わり方ぐらいは自分で決めたい。

ほどなく足に力が入らなくなり、私は倒れた。

「いかん、自分に毒を使ったな！」

ホーソーンの必死な顔を見て、すぐに毒を使ったことを後悔した。きっと彼は生涯、この場面を忘れることはできないだろう。ずっと自分を想ってくれた相手にこんなことをするなんて……私は本当にひどい女だ。

「ママ！」

「母さん！」

エヴァとケインが私に駆け寄ってくる。良かった。最期は一人じゃないみたい。

「エヴァ、ケイン……私の可愛い子供たち。そしてジュリエット……あなたは選択を間違えないでね」

「ママ、待ってよ！」

ジュリエットの悲痛な叫びが耳に入った。けど、もう口もロクに動かせそうにない。

「さよなら……」

最期の力を振り絞って、それだけ口にする。

間違えはしたけど、そんなに悪い人生じゃなかった……いいえ、最高の人生だったわ。

「そろそろ迎えが来ます。皆様、支度を」

アンが努めて事務的な口調でみなを急かす。

「……もう少しだけ母と一緒にいさせて下さい」

「母さん……」

エヴァとケインはシーツに包まれたハリエットの亡骸から離れようとはしなかった。一方、ジュリエットは妹と弟が母の亡骸に縋る様子を少し離れた場所から眺めていた。

「みんな、すまない。私にはハリエットを止められた筈なんだ……」

ホーソーンは涙も枯れ果てたという様子だった。

「脅迫状の話を聞いた時、直感的にそういうことなのではないかと思ったんだよ。当時の彼女のことは知っていたからね。だが、私はハリエットに何も訊けなかった。自分の選択が間違っているのは分かっていたが、それでも彼女にだけは嫌われたくなかったんだよ」

「だが、あなたのお陰で事件を解決することができた。どうかお気に病まれずに」

懺悔のようなことを口にするホーソーンにホームズが優しく声をかけた。だが、ホーソーンの表情は依然として悲しそうなままだった。

「私は汚れ役をあなたに任せただけの、ただの卑怯者ですよ」

ホーソーンの言葉をドロシーは悲痛な顔で聞いていた。

「モーリスの死は悲しい。けど、私がハリエットさんの立場だったら同じことをしたかもしれない」

「ママ……ママはどっかいかないでね？」

ドロシーはそれ以上何も言わず、ただローリーを抱きしめた。

「みなさん、聞いて下さい。お話ししたいことがあります」

ケインは母親から離れたかと思うと、唐突にみなに語りかける。こちらはあの森の中でケインの素顔を見ているから耐性ができていたが、他のみなはショックのあまり何も訊き返せず、ただただケインの話に耳を傾けることしかできないようだった。

一同がケインに気を取られているのを見て取ってか、ホームズが何事かを囁いてきた。

「どうやらケインは偽りの自分を捨てることにしたようだ。みな、彼に釘付けだよ。お陰でもうしばらく内緒話ができそうだ。何か訊きたいことがあるかな？」

「ねえ、どうしてこんな〝夢〟を見たんだと思う？」

事件が解決した今となってはもう口を閉じておく必要もない。しかし他人の口を使って発話するのはなんだか妙な感じだ。

「……さて。ダ・ヴィンチならカルデアとレイシフト、マスターである君の関係を魔術的に説明するだろうが……私にはそこまでの知識はない。できるのは推測だけだ。ジュリエットの身の上を知って、その身体の持ち主であるリッカ・フジマールは何らかの強い感情を抱いたのだろう。友情か愛情か、はてまた憐憫《れんびん》か……何にせよ、彼女を助けたいと思った気持ちに偽りはない。そんな気持ちを月が汲んでくれたのかもしれない。ロマンチックな話ではあるが。その身体の持ち主と同じ気持ちを抱きそうで、問題を解決できそうな能力のありそうな者を選び出し、月の光を通じて強制的にパスを繫げた……時間と空間を多少なりともアヤフヤにできるカルデアにね。事実、君だってジュリエットを助けたいと思っただろう？」

「うん」

それは嘘偽りのない気持ちだった。

「藤丸立香とリッカ・フジマール……もしかすると名前が何となく似ていたという身も蓋もない理由で選ばれたのかもしれないけどね。その善良な人柄も込みで」

ホームズが冗談めかして締めた途端、眩暈《めまい》に襲われた。ただの眩暈ではない。夢から覚める直前の、あの不思議な感覚だ。

「意識が途切れる前触れかな。役目を終えたのだから、当然のことかもしれないが。君が目覚めた時には私は虚月館に向けて出発しているが、数日後にはちゃんと帰ってくるから安心したまえ。おっと、ケインが何か大事なことを言っているようだ」

ホームズにそう言われてケインの方を見てみれば、何事かをみなに訴えかけているところだった。

「……僕は未だにこの家やこの社会のことが嫌いだ。死ぬのも怖い。でも勇気を出すことにしたんだ。たとえ小さな嘘でも取り返しがつかなくなるかもしれないって。それを母さんが教えてくれたんだ。だからみんなの前で宣言するよ。僕はヴァイオレット家とゴールディ家を変えてみせる！」

そんなケインの様子を眺めながらホームズが小声で呟く。

「もしかすると彼が両家のあり方を本当に変えていくかもしれないね。ただし、それは我々とは関係のない出来事だ」

そう、この愛おしい人々とももうお別れだ。もし仮にアメリカで彼らとすれ違ったとしても、彼らにはこちらを知覚する術《すべ》はないのだ。そう思うと堪らない気持ちになる。

「そうだ。もう彼らと交わることはないと思うが、何か言いたいことがあるなら早く言っておくといい。その身体の本来の意識《あるじ》が言いたそうな……いや言っておくべき言葉をね」

この物語を観測するのはこれでおしまい……だったらせめてちゃんと幕引きを図りたい。だから部屋の隅で虚空を見つめているジュリエットにそっと近づいた。

「リッカ、どうしたの？　私、ママの死とケインのことでおかしくなりそうなんだけど」

「……んん」

聞き慣れないハスキーな声。しばらく発声を控えていたせいで話しづらいが、それでもジュリエットと会話するには充分そうだった。

「ちょっと来て」

疑問形でなく、命令形。そして驚いている様子のジュリエットの手を取り、そのまま廊下へ連れて行く。

ジュリエットは返事こそしなかったが、その足取りは素直だった。

「……何？」

ジュリエットはそっぽを向いて、素っ気なくそう言った。だが無理にそう振る舞っているのは明らかだった。

「まずは謝りたくて」

ジュリエットを安心させたくて、先に目的を告げた。

「謝るって……どうして？」

それでもジュリエットはまだ目を合わせようとしない。とはいえ、耳までは塞いでいない以上、口を開けば届く筈だ。

これまでずっと彼女を騙していたことが引っかかっていた。

「ねえ、ジュリエット……」

続けて『自分は本当はリッカ・フジマールじゃないんだ』と言おうとして寸前で思いとどまる。

自分はカルデアに帰るだけだから、ジュリエットに真実を打ち明ければそれで楽になる。だけどジュリエットはどうなる？　事件の間、一番頼りにしていた相手の中身が別人だったという事実を抱えて、この先生きていくことになるではないか。下手をすればリッカとの関係も修復不能になる。

ああ、これは呑み込んで帰らなければ。もしかすると一生かかっても忘れることができないかもしれないが、そうするのが自分の義務だ。

「何、早く言ってよ」

ジュリエットに促されて、違う返事を慌てて探す。

「……迷惑かけてごめん」

咄嗟《とっさ》に出てきた言葉だが、嘘ではない。自分がしかるべき行動を取ってたら……もしかしたらこの悲劇を避けられたのかもしれない。

「私がもっとしっかりしてたら、こんなことには……」

そこまで言ってもジュリエットは頑なにこちらを見ない。おかしいと思い、肩を摑んでこちらを向かせたら……彼女の瞳は潤んでいた。これまで何があっても気丈に振る舞っていたのに……。

思っていた通りだ。事件は解決したけど、やはりジュリエットには心のケアが必要だった。そして何より、こればかりはホームズに任せられない。だからこそ最後は二人きりで話そうと決めていた。

それでも……間違ってもジュリエットを泣かせるつもりなんてなかったのだ。

「リッカに迷惑をかけたのは……私の方でしょう？」

そう言った途端、ジュリエットの目から堰を切ったように涙が溢れた。その涙を見て見ぬ振りをするのも、ハンカチを差し出すのも違うと思って悩んだ挙句、両腕を広げた。するとジュリエットは胸に飛び込んできて、顔を埋めた。

「なんで怒らないの？　なんで……私を責めないの？　私のせいで大変な目に遭ったんだよ？　私と一緒にいて、いいことなんて何もないのよ？」

胸がジュリエットの涙で熱く湿っていく。だけど全然不快じゃない。

「……これぐらい覚悟の上だよ。それに二人とも生きてる。また一緒に大学にも通えるでしょう？」

ジュリエットは顔を上げた。涙でぐしゃぐしゃだが、醜いとはまったく思わない。

「本当はずっと不安だったの。リッカがどこか行っちゃったら、今度こそ一人になっちゃうって……」

この不安を解消して去るのが最後の仕事だ。

「なんだ、そんなことを心配してたんだ……」

眩暈がひどくなってきた。身体ももう思うように動かない。終わりが手前まで近づいているのがはっきりと分かる。

「大丈夫……」

もう少し……あと数秒でいいから自由にさせて。

『これからもずっと一緒だから』

これはリッカ・フジマールの言葉、彼女がそう言いたがっていたのだ。

「何よ、いきなり……でもとっても嬉しいわ」

視界がかすんでジュリエットの表情は見えないが、何故だか彼女が泣き笑いを浮かべているのが分かった。そんな彼女の頭に手を載せ、ゆっくりと撫でる。

リッカ・フジマール、あなたがジュリエットに抱いていた気持ちが友情なのか愛情なのかは分からなかった。けど、どちらにせよ、あなたたちの仲はずっと続くと思う。だからあなたの代わりに一歩踏み出しておいたよ。

やがて視界が完全に真っ暗になり、ゆっくりと力が抜けていく。こうなる前にジュリエットをハグしておいて良かった。

「リッカ？　ねえ、どうしたの？　ねえ、ねえったら……」

ジュリエットが焦った声をあげる。ハグをした体勢のまま、だらんと脱力したリッカの身体に戸惑っているようだ。

「……でも安心して。これからもずっと一緒だから」

最後に聞いたそんなジュリエットの言葉こそ、この不可思議な事件のささやかな報酬のような気がした。

願わくは死が二人を分かつまで……そして末永く幸せであれ。

『虚月館殺人事件』、いかがだっただろうか。

真実に到達できたのならおめでとう。しかし不正解でも気を落とすことはない。正しい答えを出せなければ無価値というなら、価値のある人間はこの世で私だけになってしまうからね。

……笑いたまえ、今のは冗談だ。

ただ……錯誤、錯覚に根ざした思考から誤った答えに到達してしまったとしても、真面目に悩み、考えた時間は誰にも否定できない。むしろ、それはあなただけのかけがえのない体験だ。だからこの一冊の体験が少しでも楽しかったのであれば、成果はなくても意味があったということだ。

それでは今回はこの辺で。

星海社
FICTIONS
マ4-02

FGO《エフジーオー》ミステリー
翻《ひるがえ》る虚月館《こげつかん》の告解《こっかい》　虚月館殺人事件《こげつかんさつじんじけん》

2019年5月23日　第1刷発行　　定価はカバーに表示してあります

著　者――――――円居挽《まどいばん》
©Van Madoy 2019 Printed in Japan
原作・監修――――TYPE-MOON《タイプムーン》
©TYPE-MOON ／ FGO PROJECT
発行者――――――藤崎隆《ふじさきたかし》・太田克史《おおたかつし》
編集担当―――――丸茂智晴《まるもともはる》
編集副担当――――太田克史

発行所――――――株式会社星海社
〒112-0013 東京都文京区音羽1-17-14 音羽YKビル4F
TEL 03(6902)1730　FAX 03(6902)1731
https://www.seikaisha.co.jp/

発売元――――――株式会社講談社
〒112-8001 東京都文京区音羽2-12-21
販売 03(5395)5817　業務 03(5395)3615

印刷所――――――凸版印刷株式会社
製本所――――――加藤製本株式会社

ISBN978-4-06-515707-7　N.D.C.913 239P 19cm　Printed in Japan